紙屋ふじさき記念館

カラーインクと万年筆

ほしおさなえ

角川文庫
22554

目次

第一話　結の里　5
第二話　水引の雛飾り　103
第三話　カラーインクと万年筆　199

Kamiya Fujisaki
Kinenkan

目次・扉デザイン　西村弘美

第一話　結の里

1

十二月、師走《しわす》。「僧侶《そうりょ》が経をあげるために駆け回るから師走」というのは俗説で、語源は諸説あるらしいけれど、とにかく十二月は忙しかった。

大学祭が終わるとすぐ、「文字箱《もじばこ》」と「紙屋ふじさき記念館」のコラボ企画がスタート。文字箱を経営する綿貫《わたぬき》さんは、わたしがアルバイトしているふじさき記念館の館長・藤崎《ふじさき》さんの大学時代のゼミの先輩だ。

卒業して数年日本橋《にほんばし》で会社員として働いていたが、書店を経営する夢をかなえるために脱サラ。日本橋の川沿いの古いビルの一階を借り、この秋、新刊書、古書両方を扱う個人書店「文字箱」をオープンした。

店では本にかかわる文具も扱っていて、ほかとは一味ちがう商品を探して記念館にやってきた。わたしが企画した「組子障子のカード」や「紙の絵本」を置いてもらうことになり、さらに記念館とコラボであたらしい商品を作ろうという話になった。

いろいろ考えて、わたしは「物語ペーパー」という企画を出した。大判の薄手の和紙に作家・吉野《よしの》雪彦《ゆきひこ》の短編集『東京散歩』の一節を印刷し、蠟引《ろうび》きするというものだ。

　吉野雪彦はわたしの父で、わたしが小学校一年生の時に亡くなった。『東京散歩』は東京二十三区ひとつひとつにまつわる掌編を集めたもので、なかの一編「屋上の夜」には、日本橋髙島屋《たかしまや》の屋上が出てくる。

　父が亡くなって十年以上経ち、本もふつうの書店には置かれていない。だから、もうみんな忘れてしまったものと思っていた。

だが、藤崎さんも、綿貫さんも、そして藤崎さんのお祖母《ばあ》さまであるところの先代社長夫人薫子《かおるこ》さんも父の本を読んでいて、好きだと言ってくれた。おかげで物語ペーパーの企画はその場で採用になったのだ。

　印刷するのは日本橋髙島屋の屋上でのできごとを描いた「屋上の夜」の一節。どの部分を抜粋し、どのように配置するか、編集者であるわたしの母も交えて検討を重ね、使用する紙は藤崎さんが選んだ。

　和紙は印刷に適さないものも多い。和紙の繊維は長く、紙漉《かみす》きの工程で長い繊維をよくからめることで強度を出す。だから薄くても破れにくい。だが、繊維と繊維のあいだに空隙《くうげき》がある。インキをのせたとき、その孔《あな》を伝ってインキがにじむ。表面の強度も洋紙にくらべて低いので、印刷機にかけるのにも適さない。

　他方、洋紙の原料は木材をチップにしたもので、短い繊維を敷き詰め、薬品で固める。そのため、和紙にくらべると折れ目がつきやすく、破れやすく、保存性に劣る。だが、インキがにじまない。もともと印刷するために作られているのだ。

いまは印刷適性の高い機械漉きの和紙もいろいろ出ているのだが、生粋の紙オタクである藤崎さんは、どうしても手漉き和紙を使うと言い張った。

もちろん手漉き和紙の方が高いし、本を一冊作るとなったら、とんでもない価格になってしまう。だが、物語ペーパーは一枚の紙だ。せっかく蠟引きという手間をかけるのだから一枚の紙として価値のあるものにしよう、本一冊と同程度の価格になっても買いたいと思うものを作ろう。綿貫さんもその考えに賛同した。

手漉きでも印刷に適したものを探し、印刷の方法も活版印刷を選んだ。

活版印刷とは鉛の活字をひとつずつならべて刷るむかしの印刷方法である。大きな工場で使っているところはほとんどないが、その独特な風合いには愛好者も多く、活字店や活版印刷を請け負う印刷所も少数ながら残っているらしい。

わたしも紙こもの市で活版印刷の商品を見かけ、思わずいくつか買ってしまった。いまのふつうの印刷にくらべて文字に存在感があって、すごく魅力的なのだ。文字のひとつひとつが完全に同じじゃない。手でならべているからわずかに揺らぎがあり、微妙に凹《へこ》んでいたりもする。

蠟引きすることで紙は破れにくくなり、水にも強くなる。と同時に、紙が透け、印刷された文字がにじんだようになってレトロな雰囲気が生まれる。物語ペーパーはその雰囲気を楽しむためのものだ。印刷を活版にすればその雰囲気がさらに高まる。

ただしこの揺らぎは活字をひとつずつ組んだときにしか生まれない。最近では、活版印刷といっても文字自体はコンピュータで組み、樹脂などの凸版にして印刷するところも多いようだが、それではダメなのだ、と藤崎さんは言った。

最近では名刺やカードへの印刷がメインなので、大きな紙に印刷できる機械を持っているところは稀《まれ》らしい。藤崎さんの伝手《つて》で、活字を組み、大判の紙に印刷できる印刷所を探し、そこにお願いすることになった。

月の半ばには淵山《ふちやま》さんのアクセサリーの店「shizuku」で行われるあたらしいシリーズ発表会のディスプレイを手伝いにも行った。大学が冬休みにはいってからは毎日バイトにはいった。お正月向けの商品がよく売れて、記念館もにぎわっていた。

2

記念館は二十八日で仕事納め。母の会社も、紫《し》乃《の》叔母《おば》さんの営む器のお店「日日草《にちにちそう》」も年末年始休暇にはいったので、二十九日は家を片づけたり年賀状を書いたりして、三十日から三人で帰省することになった。

母と叔母の実家、今村《いまむら》家があるのは、長野県の飯田《いいだ》市。飯田線の伊《い》那《な》八《や》幡《わた》という駅の近くにある古くて大きな木造の一軒家だ。三年前に祖父が亡くなり、いまは祖母と伯父《おじ》の一家が住んでいる。

寛也《ひろや》伯父さんは市役所勤務で、多津子《たつこ》伯母《おば》さんは専業主婦。それからいとこがふたり。上の崇《たかし》兄さんはわたしより五つ上、妹の遥香《はるか》ちゃんはわたしの三つ上で、ふたりとももう働いている。

わたしはひとりっこなので今村家のいとこがきょうだいのように思えて、帰省するたびによく遊んでもらった。マンション住まいだから大きな庭のある一軒家というのがまためずらしく、むかしから夏休みとお正月に今村の家に行くのが楽しみだった。

三十日の朝、三人で奥沢《おくさわ》から新宿《しんじゅく》に出て、バスタから高速バスに乗った。

前日、大学の課題をできるだけ片づけておこうと思って、結局朝まで起きていた。何度も走っているルートだし、高速バスのなかですることはない。バスに乗ったら眠る気まんまんだったから、徹夜も怖くなかった。

二時間もしないうちに母に叩《たた》き起こされ、荷物を引きずって家を出た。新宿までの電車のなかでも何度も睡魔に襲われ、なんとかよろよろと高速バスに乗りこんだ。年末なので満席である。叔母がタブレット、母が文庫本を取り出した横で、わたしはアイマスクと耳栓を装着。あとは爆睡だった。

「百花《ももか》」

突然母に肩をゆすられ、目が覚めた。アイマスクと耳栓を外す。

「そろそろ着くよ」

「あ、ああ、もう？」

一瞬だったような気がしたが、時計を見ると到着時間が近かった。

「でね、最初は改修とか改築とか言ってたんだけど、あの家、かなり老朽化してるし、耐震的にも問題があるから、全部取り壊して建て替えた方が安くあがる、ってことになったみたい」

叔母の声が聞こえた。

建て替える？　老朽化？　それって飯田の家のこと？　ぱっちりと目が覚めた。

「どういうこと？」

「あ、ようやく起きた」

母がこっちを見て笑った。

「うん……。そんなことより、建て替える、って今村の家のこと？」

「そう」

叔母がうなずく。

「いつか建て替えるかも、って話は聞いてたけど、それはもっと先のことだと……」

前に聞いたときは、祖母が生きているあいだはあの家のままだけど、その後は建て替えるかも、という話だった。

「そのつもりだったみたいなんだけどね。この前兄さんから電話があって、台所が雨漏りするようになっちゃって、業者に見せたら建て替えを勧められたみたいで……」

叔母が言った。

「修繕じゃダメなの？」

「業者に調べてもらったら、ほかにもいろいろなところでガタがきているらしくて。台所だけ直しても、またすぐにどこかで不具合が出るかもしれないし、耐震補強をしようとするとけっこうお金がかかるみたいなんだよね」

「むかしの建物だから、材料的にも高くつくのかもね」

母がうなずく。

「そういうこともあるし、業者の人にいろいろ言われたみたいなんだよね。建て替えなら間取りも自由に変えられるし、断熱効果のある建築資材を使えばずっと暮らしやすくなる、って。まわりの家もどんどんそうなってるし、多津子さんも前からずっと建て替えたい、って言ってたから……」

「まあ、たしかに不便だもんね」

「いままでもだましだまし使ってたようなところもあるしね。多津子さんの実家もかなり古かったんだけど、少し前に建て替えたらしいのよ。そしたら冬も寒くなくなったし、防犯の面でも心配がなくなったんですって」

「ああ、前にそんなこと言ってたわね」

「兄さんは、いまじゃなくてもいいだろう、ってずっと取り合わなかったんだけど、今回の雨漏りがこたえたらしくて、どうせお金をかけるなら全部建て替えた方がいいんじゃないか、それで住みやすくなるんだったら、ってことになったみたいで……」

「じゃあ、あの家、なくなっちゃうの？　組子の障子も？」

記念館で作った組子障子のカードは、今村の家の障子からヒントを得たものだった。むかしからあの麻の葉の組子になった障子が好きだった。

「そうねえ、いまの建物の規格には合わないかもしれないし、建て替えることになったら、残すのはむずかしいかもね」

「古い家には良さもある。でも、住む人の利便性を考えたら仕方ないところもあるわよねえ。わたしたちからすると自分が育った家だから、ちょっとさびしいけど……」

母がため息をつく。

「ただ、問題は母さんなのよ」

叔母が言った。

「電話で母さんとも話したんだけど、なんか少し納得いってないみたいで」

「そうなの？」

「うん。電話越しだからはっきりとはわからないんだけど。仕方がない、っていうのはわかってるし、これからのことを考えたらそれがいい、って口では言ってるけど、ちょっと歯切れが悪いっていうのかな」

「そっか。兄さんもいっしょにいたんだとしたら、気を遣って本心は言わないかもね」

母が言った。たしかに祖母にはそういうところがある。やさしくて、いつもにこにこしていて、愚痴や人の悪口は一切言わない。幼少時は父兄に、結婚したら夫に、夫の死後は子にしたがえ、と教えられてきたそうで、自己主張はほとんどしない。

その点多津子伯母さんは、生真面目で自分の意見はきっぱり言う。意地が悪いとか、わがままというわけではなく、理屈が通っていることを重んじるタイプなのだ。

ただ、きちんと言葉にされたことしか認めない。だから、自分の考えを言葉にするのが苦手な祖母の気持ちにはなかなか気づかない。結果、祖母はいつも自分の気持ちをのみこむことになるのである。

だけどなあ。祖母は自分の気持ちはなかなか言わないけど、人の気持ちには敏感だ。わたしが不安や不満を抱えていると、必ず、どうしたの、と訊《き》いてくるし、祖母と話すと、なぜか気持ちがすっきりして安心するのだ。

「母さんのことだから反対はしないだろうし、それでもめるってことはないと思うのよ。けど、けっこう落ちこんでるのかもしれないなあ、ってちょっと思って」

伯父は気のいい人だけど、人の気持ちを察することはあまりうまくない。祖父もそうだったらしい。むかしから母や叔母だけが祖母の気持ちを感じ取って、いろいろ話を聞いていたようなのだ。

「どうしたもんかな。まあ、わたしたちには話を聞くくらいしかできないけど」

母はため息をついた。

飯田インターを降りてすぐの伊賀良《いがら》の停留所でバスを降りると、遥香ちゃんが迎えにきてくれていた。遥香ちゃんは今年社会人一年生で、今日からお正月休み。ひとりで車を運転して迎えにきてくれたらしい。

「わざわざありがとうね」

「いえ、ちょっと母に頼まれてスーパーで買い物もあったので……」

遥香ちゃんの手にはスーパーのレジ袋があった。このあたりはむかしからの町の中心からは離れているが、大きなスーパーマーケットや家電量販店、車の販売店、結婚式場などが集まっていて、地元の人の生活を支えている。

「車、こっちです」

遥香ちゃんのあとについてスーパーの広い駐車場にはいった。

「ねえ、遥香ちゃん、なんか、めちゃくちゃ大人っぽくなってない？」

前を歩く遥香ちゃんに叔母《おば》が話しかける。

「え、そうですかあ？」

遥香ちゃんが驚いたように紫乃叔母さんを見た。

「うん、なんか変わった」

叔母は立ち止まり、目を細めてまじまじと遥香ちゃんを見た。

「ちょっと痩《や》せた？」

「そうですね、少しだけ」

言われてみればそうかもしれない。

「教員は肉体労働ですからねえ」

遥香ちゃんが照れたように笑う。痩せたこともあるけれど、学生時代と気分がちがうっていうのもあるかもしれない。表情がきりっとしたような気がする。

この夏はいろいろあって飯田に来られなかったから、遥香ちゃんと会うのは三月以来。そのころはまだ遥香ちゃんも東京に住んでいた。東京の大学で伝統演劇を学んでいたのだ。

東京にいたころはときどきいっしょに出かけたりもしていた。上京してきたばかりのとき、ほんの二、三ヶ月だが紫乃叔母さんの家に間借りしていたこともあった。

実は飯田市は「人形劇のまち」としても知られている。一九七九年から「人形劇カーニバル飯田」、一九九九年からは「いいだ人形劇フェスタ」という名前で、国内最大の人形劇イベントが開催されている。

飯田市の小中高校では授業や部活に人形劇を取り入れているところがたくさんあり、遥香ちゃんも小学生のとき授業で人形作りから実際に人形劇をするところまで経験して、中学で人形劇部にはいった。

はじめて聞いたときは「中学校に人形劇部？」と思ったが、劇で使う人形や小道具も手作り、脚本も自分たちで作っていると聞いて驚いた。高校では本格的な人形浄瑠璃《じょうるり》に取り組んで、いいだ人形劇フェスタでも公演したのだそうだ。

それで人形浄瑠璃についてくわしく学ぶため、伝統演劇を研究するゼミがある東京の大学に進学した。卒業後は人形浄瑠璃の世界の仕事も考えたけれど、狭き門でもあり、安定も望めない。いろいろ考えて、長野に戻って小学校の教員になる道を選んだ。

紫乃叔母さんが助手席、母とわたしが後部座席に座った。遥香ちゃんがハンドルを握り、スムーズに駐車場を出る。

「慣れてるねえ」

叔母が言った。

「母にも大学時代に免許取っておけ、って言われて……。こっちに住んでると車がないとやってけないですからね」

「通勤はどうしてるの？」

「わたしが勤めてる学校は『りんご並木』に近いので……。だから朝は父の車にいっしょに乗せてもらって、途中でおろしてもらうんですよ。帰りはバスですけど」

「ああ、なるほど」

りんご並木とは、市内中央の大通りのことである。通りの中央にりんごが植えられた緑地がある。

並木の両側の道はれんが敷で歩行者優先。町の人の憩いの場、という感じだが、寛也伯父《おじ》さんによるともとは防火帯として造られたものらしい。一九四七年に「飯田大火」という大火災が発生し、市街地の八割を焼き尽くした。そのあと町の真んなかで交差するように幅三〇メートルの防火帯道路が二本造られたのだそうだ。飯田東中学校の生徒たちの発案でその防火帯道路の緑地にりんごが植えられ、一九九九年には並木全体が大きな公園として整備されて、町のシンボルになった。りんごの世話はいまでも生徒たちがしているらしい。

寛也伯父さんの勤めている飯田市役所は、このりんご並木の端、扇町《おうぎまち》公園の隣にある。飯田の家からだと車で十五分はかかる。電車もあるが家から駅までけっこうあるので、車の方が便利なのだ。

「崇くんはあいかわらず自転車？」

「そうですね。雨の日以外はたいてい自転車です」

崇兄さんは、飯田インターの近くにある大きな精密機械工場で働いている。家からそんなに遠くないので、ずっと自転車通勤している。

「でも、ときどき自分の車がほしいって言ってます。雨の日は車借りたいけど、兄さんが乗っていっちゃうと、母さんが買い物に行くのに困るし。休日に出かけるときも借りるの面倒だし、中古でいいから買っちゃおうかな、って」

「まあ、車置いとくところはいくらでもあるもんねえ」

叔母が笑う。飯田の家はもともと畑もたくさん持っていたのだ。祖父の代にほとんど売り払って宅地になったけれど、土地はそれなりにある。

母も叔母も免許は持っているが、車はない。わたしも一年のときにいちおう免許はとったが、完全なペーパードライバーだ。

「東京じゃ車なくても暮らせますもんね」

遥香ちゃんが言った。

「さっきの買い物ってなんだったの？」

「おせちの材料です。足りなくなったものがあるみたいで」

「多津子さん、今年も全部作ってるの？」

「そうなんですよ、おとといから台所、たいへんなことになってて。疲れるからもうスーパーで買ったものでいいんじゃない、って言ってるんですけど、そういうわけにはいかない、って」

「わたしたちも実家にいたころはよく母さんに手伝えって言われたよね」

母が叔母に言う。

「そうだったね。親戚《しんせき》も来るし、父さんが厳しかったから、母さん、全部自分で作ってたもんね。いま考えるとすごい手間だよねえ」

「おばあちゃんは自分が大変だった記憶があるから、そこまでがんばらなくていい、って言ってるんですけど、母はきかないんです。完璧《かんぺき》主義っていうか、おばあちゃんがやってたんだから、自分もちゃんとやらないと、って思いこんでるのかも」

「なるほどねえ」

叔母がうなずいた。

「さすがに最近は栗きんとんとか昆布巻きは買うようになったんですけどね。黒豆、年取り魚、しぐれ煮、なますだけはやっぱり自分の家で作りたいって。母は変なところが生真面目っていうか、負けず嫌いっていうか……」

「でも、多津子さん、すごいわよ。完璧に今村家の味だもの」

　母が言った。

「そうなんですか？」

「うん。わたしたちが子どものころに食べてたのとまったく同じ。あそこまでいくのって、たいへんだと思うよ」

「東京にいるとどうしてもねえ。おせちを作るどころか、家ではおせち買ってすらいない気がする」

　叔母が笑った。

「実はわたしも全然……。昨日までは仕事もありましたし。大学時代もいつも年末まで東京にいて、帰るのは大晦日《おおみそか》か三十日でしたから。母とおばあちゃんが作ってる感じで、兄さんにはよく、お前も少し手伝え、って言われるんですけど、兄さんだって手伝ってないんだし、言われたくないなあ、って」

　遥香ちゃんがぼやく。

「でも、東京でおせち買わないのは、こっちに来て食べてるから、ってこともあると思うのよね。多津子さんが引き継いでくれてるから、わたしたちはなにもしないですんでる。そういうこと全部、多津子さんにまかせちゃってる。最近そういうの、なんだか申し訳ない気がしてきて」

母が息をついた。

「そうだよね。わたしもつくづく自分が根無し草な気がして。あっちこっちふらふらして、なんとか自分の店をはじめたけど……」

叔母が言う。叔母は美大のデザイン科出身で、大学卒業後はデザイン事務所に就職した。だが会社とうまくいかず、家具関係の職場に転職。その後も何度か転職し、結局独立していまの器の店をはじめたのだ。

「そんなことないですよ。東京でお仕事して生活していくのは大変だと思いますし」

遥香ちゃんはそこで言葉を切った。飯田バイパスから右の小道にはいるため、ウィンカーを出す。車は畑のなかの細い道をすいすい走り、ほどなく今村の家に着いた。

3

玄関の前には立派な門松が立っていた。ドアがあき、祖母が出てくる。

「おばあちゃん、久しぶり」

駆け寄って言った。祖母はにこにこして、よく来たねえ、と言った。

「お昼、用意してあるよ」

「ごめんね、食べて来てもよかったのに」

母が謝る。昼過ぎに着くことがわかっていたので、お弁当を買ってバスのなかで食べると言ったようだが、祖母はこっちくればなんかあるから、とゆずらなかったみたいだ。

「いいよいいよ、たいしたもんはないけどねえ」

「おせち作るので大変なんじゃないの？」

「おせちはもうほとんど多津子さんがやってくれてるし、大丈夫」

「ちゃんと頼まれたものは買ってきたよ」

遥香ちゃんがレジ袋を上にあげる。

「とにかく、はいろう。バス、疲れたでしょ？」

遥香ちゃんに言われ、母も叔母《おば》も靴を脱ぐ。わたしもあとについて玄関にあがった。

「冬海《ふゆみ》さん、紫乃さん、お久しぶりです。すみません、ちょっと手が離せなくて。バス、疲れましたでしょう」

廊下の向こうから多津子伯母《おば》さんがやってきた。

「いえ、すみません。いつもなにも手伝えなくて」

母が申し訳なさそうに言った。

「大丈夫ですよ。冬海さんも紫乃さんもお仕事がありますもの。先週寛也さんと崇がすす払いをしてくれて、さっき門松も立てましたし、オヤスも注連縄《しめなわ》も飾りました」

多津子伯母さんが誇らしげに言う。このあたりでは、お正月の飾りでオヤスというも作る伝統を守っている。

台所にはいると、調理台も食卓もおせちづくりの材料や調理器具でいっぱいになっている。さっき母が言っていた、多津子さんが引き継いでくれてるから、わたしたちはなにもしないですんでる、という言葉を思い出した。

「お昼食べたら、わたしたちも手伝います」

母が言うと、横から叔母もうなずいた。

「そんな……。せっかくのお休みなのにとんでもない」

多津子伯母さんが目を丸くする。

「いえいえ、わたしたちもちょっと教えていただきたいなあ、って思ってたんですよ。自分たちでも作れるようになりたいですし。もちろん一朝一夕では無理だってわかってますけど」

叔母の言葉に多津子伯母さんの表情が少し変わる。

「そうなんですか。じゃあ、お願いします」

言い方も少しほぐれて、やわらかくなったような気がした。いつもながら、叔母は人の心をつかむのがうまい。

「まずはごはん食べなさい。たいしたものはないけどね」

祖母が笑った。

ごはんとお味噌汁《みそ》、煮物に漬物。今日は伯父も崇兄さんも出かけていて、わたしたちの分を合わせて多めに作って、祖母と伯母と遥香ちゃんの三人は先に食べたらしい。煮物は母や叔母の味つけと同じで、やっぱり家の味が伝わっていくんだな、と思う。

母と叔母は食べ終わるとすぐに食器を片づけ、多津子伯母さんのおせち作りを手伝いはじめた。台所は三人でいっぱいな感じで、わたしがいる余地はない。会話にもはいれそうになく、そうっと廊下に出た。

遥香ちゃんは友だちとの約束で出かけてしまっているし、手持ち無沙汰《ぶさた》である。そういえば祖母はどこに行ったのだろう。となりの居間をのぞくと、畳に座っている祖母の背中が見えた。座卓に向かい、手を動かしている。

「おばあちゃん、なにしてるの？」

うしろから近づき、声をかける。

「ああ、百花」

祖母がふりむいた。

「あ、これ、水引」

座卓の上に水引がならんでいる。

「そうそう。これでね、お正月の箸置《はしお》きを作ろうと思って」

そういえば、祖母は毎年お正月の席の箸置きを水引で作っていた。

「冬海と紫乃は？」

「伯母さんとおせち作ってる。わたしも手伝おうと思ったけど、台所がいっぱいで」

「そうだねえ。調理器具もそんなにたくさんあるわけじゃないし、三人にまかせておけば大丈夫だよ」

祖母が笑った。いっぱいだったということもあるが、なんとなく多津子伯母さんが苦手というのもあるかもしれない。

暮らしている環境がちがっても、同じ世代のいとこたちとは共通の話題もあるし、緊張することもない。寛也伯父《おじ》さんは気さくで話好き。遥香ちゃんは、お父さんは自分の話ばっかり、と愚痴をこぼしていたが、わたしからすると話しやすくて楽だった。

多津子伯母さんはいつも表情がかたく、あまり笑わない。怒っているわけではないらしいが、なにを話したらいいのかわからず、妙に気を遣う。考え方も現実的で、遥香ちゃんも、東京の大学に行くことをなかなか認めてもらえなかった、と言っていた。

「ずいぶん作るんだね」

机にならんだ箸置きを見て訊いた。

「大晦日の夜でしょ、それから一日の朝。お昼はいつものを使うとして、夕方は親戚《しんせき》も来るからね。けっこう数がいるんだよ」

祖母が指を折って数える。箸置きは毎回あたらしいものを出すようで、ここの家の五人とわたしたち三人、一日に来る親戚の分、予備も含めて四十個作るらしい。すでに十くらいはできあがったものが座卓にならんでいた。

水引とは、和紙をこよりにして糊《のり》で固めて作った細い紐《ひも》のこと。ご祝儀袋などにかけられているものだ。紙こもの市に行ったとき、紫乃叔母さんはめずらしい結び方の水引がかけられたご祝儀袋をたくさん買っていた。

ここ飯田は、水引で有名な土地なのだ。かつては結納の熨斗《のし》の豪華な水引飾りで栄え、いまも水引の全国生産量の七割を占めている。祖母もむかしは水引を作る内職をしていたらしい。それで、いまでもお正月になると水引でお年玉袋や箸置きを作る。

作っているところは何度か見たことがあるが、なんだかむずかしそうで自分にもできるとは思えず、ただながめていただけだった。だがこれも紙、しかも和紙の一種である。そう思うと俄然《がぜん》興味が出てきた。

「じゃあ、手伝うよ。教えて」

そう言ってとなりに座った。

「え、そうなの？　うーん、ちょっと細かいよ」

「大丈夫。わたしけっこう器用なんだよ」

「そうか、そうだったね。じゃあ、お願いしようかな。遥香も教えたらきれいに結べるようになったし」

「遥香ちゃんもできるの？」

「うん。基本的なあわじ結びと梅結びだけだけどね。それでもけっこういろんなものが作れるんだよ」

「あわじ結びと梅結び？」

「そう。あわじ結びはこれ。いつも箸置きにしてる形」

祖母ができあがった箸置きを指す。赤と白の水引が組み合わせられている。

「これは赤三本、白二本を合わせて作ってるんだけど、最初は一本で作る方がわかりやすいからね。まずは赤一本でやってみようか」

祖母はそう言って、わたしに赤い水引を一本差し出す。

「まずはこうやって、輪っかを作るでしょう？」

祖母は別の水引を手に取り、水引の真ん中に小さな輪を作った。

祖母に言われた通り、わたしも小さな輪を作った。水引は思ったよりしなやかだった。もっとごわごわして扱いにくいかと思っていたが、丸めるのはそれほどむずかしくない。

「そしたら、こっちの端をこうやって重ねて……」

祖母の手元を見ながら真似る。

「最後にこの端を輪に通していくの」

祖母がすいすいとふたつの輪に水引の端をくぐらせた。

わたしも見よう見まねで水引を通す。

「うん、できた。あわじ結びはこれで完成」

祖母がわたしの水引の形を整える。三つの輪が重なったような形。たしかに祖母の作る箸置きと同じ結び方だ。水引一本しか使っていないから小さいが、これはこれでシンプルでかわいい。

もうひとつ、自分ひとりで一本だけのあわじ結びを作ってみる。結び方自体は覚えられそうだが、形を整えるのがけっこうむずかしい。

「上手上手。この結び方だけで、いろんなものが作れるんだよ。二本、三本と増やしていくときれいに結ぶのがむずかしくなるけどね」

祖母が赤と白の水引を五本ならべた。きれいなストライプが目の前にあらわれる。

「わあ、きれい」

「水引は線なのに、こうやって組み合わせると面になる。織物と同じだね。ただ、織物みたいな縦糸と横糸がない。縦にならべたものをそのまま結んで形を作る。しましまにしたものをそのまま糊で固めて平たいテープにして使うこともあるんだけど、結ぶときはこのまま使うんだよ。かためたら結べなくなっちゃう」

「あ、そうか」

平べったくならべたままで輪を作るから、内側の水引より外側の水引の方が長くなる。かためてしまったらそれができない。

「つまり、そろえて持ってても、輪を作るたびに一本ずつがずれていくってことだよね」

「そうそう。だから結び目をおさえながら、きれいにならんだ状態になるように、少しずつ調整しながら結んでいかなくちゃいけない」

「うわ、むずかしそう」

「まあ、ゆっくりていねいに結んでいけばできるようになる。でも最初から五本で結ぶのはむずかしいよ。まずは二本からやってみよう」

「わかった」

祖母に使っていいと言われた赤と白の水引を持つ。二本をならべて、さっきと同じように結んでいく。

最初の輪を作るところでいきなりむずかしかった。輪にしようとすると、二本がねじれたり、あいだがあいてしまったり。左手で重なった点をおさえながら、右手で少しずつカーブを作り、前の輪に重ねる。水引を一本ずつ、少しずつ引っ張って形を整えていく。

重ねるたびに、ストライプがきれいに浮かびあがる。一本で結んだときにはなかった喜びだ。なんだか楽しい。途中までは、色の組み合わせを変えたら面白いものができるかも、などと思っていたが、最後、ふたつの輪に水引の端をくぐらせるところでつまずいてしまった。

変な角度で水引を通すと、ならべた水引がねじれてしまう。平らなまま通さなくてはならないが、左手で重ね目をおさえながらだから、なかなかうまくいかない。

それでもなんとかできあがり、その結び目のかわいさに感動した。祖母に見せると、なかなかうまいよ、と褒めてくれた。

次は三本。一本増えるごとに扱いがむずかしくなる。幅が広くなり、結び目も大きくなる。輪を通すたびに水引と水引が重なったり、ねじれたり、ゆるんでしまったり。最後まで結ぶと固定されて扱いやすくなるので、いったん結んでから少しずつ絞って調整することにした。三本でひと組だけど、一本ずつでも動かせるのだ。だが、バランスよく整えるのはかなりむずかしい。

糸や紐とはちがってピンとした張りがあるから、結び終わるときっちりした形になるのもおもしろかった。針金細工ともちがう。針金は曲げたらその形に固定させられるが、水引はもとのまっすぐに戻ろうとする。紐と針金の中間くらいという感じだ。

しかも、紙だからハサミで切れるし、軽い。そしてなにより、色の組み合わせがうつくしい。赤と白。線がならぶことで生まれるおもしろさ。太い糸のようなものだから、ならべたときにも陰影が生まれる。

いつのまにかすっかりこの水引の結びに夢中になってしまった。わたしが五本のあわじ結びをうまく作れるようになったときには祖母はすでに箸置《はしお》きをほとんど全部作り終えていて、わたしが作ったのは三個だけ。手伝いになったのかは微妙なところだが。

「ここからさらに通していくとあわじ玉っていう玉も作れるんだよ」

祖母はそう言って、あわじ玉を作ってくれた。このままアクセサリーにできそうなかわいい形だ。わたしも真似して作ってみようと思ったけれど、ゆるゆるの隙間だらけになり、形が整わない。

「あわじ玉はかわいいけど、意外とむずかしいからね。それに、この水引はあわじ玉作るのに向いてないかな。表面の加工に種類があって、それによって硬さや張りがちがうんだ。うーん、もっとやわらかいのがどっかにあったような……」

祖母が引き出しからいろいろな色のついた水引の束を出してきた。

「わあ、すごい。こんなにいろんな色があるんだ」

「前に、小学校で水引を教えたときのあまり。ああ、だけど、色水引も折り癖がつくからあわじ玉には向かないんだよねえ」

祖母が水引を見ながらつぶやく。

「小学校で？　おばあちゃん、そんなこともしてるの？」

「寛也の紹介でね、郷土の文化を学ぶ授業にときどき呼ばれるんだよ」

寛也伯父《おじ》さんは市役所の文化財課に勤めている。伯父の話を聞いていると、飯田は文化的な意識が高い町なんだなあ、と思う。むかしから祭りや芸能がさかんな地域で、それがいまの人形劇の隆盛につながっているとか。

「子どもはいろんな色があった方が楽しめるからね。結び方もすぐに覚えて、わたしなんかじゃ思いつかないようなあたらしい色合わせで結んだりする。子どもはすごいよね」

「おばあちゃんは色は使わないの？　箸置きはいつも赤と白だよね」

「そうだねえ。水引に使う色ってどれもちゃんと意味があるから……」

「意味？」

　そういえば前にもそんな話を聞いたことがあった。

「包みの作法があってね。白は光。お日さまの象徴だし、すべてのおおもとの色。だからむかしから色のなかでいちばん高貴な色だった」

「ふうん」

「赤は日の出や人の血の色。生命力の象徴だね。黒は闇。金銀は豊かさの象徴。だから、使い道として、白赤、金銀、赤金は祝いごと、白黒、双銀は弔事とかね。だから、お正月にはやっぱり赤と白を使いたいなあ、って」

「むかしは水引で結納の大きな飾りを作ってたんでしょう？」

　実物を見たことはないけれど、本で写真を見たことがある。関東より関西の方が派手らしく、大きくて立体的な松竹梅が立ちあがっていた。ちゃんと木の形になっていて、葉っぱもついていて、とても包み紙の飾りとは思えないものだ。

「そうそう」

「おばあちゃんもああいうの、作ってたの？」

「作ってたよ。でも全部じゃない。あれは分担して作るから。みんな専門があるんだよ」

「へえ。おばあちゃんはなに作ってたの？」

「わたしは亀。忙しかったころは亀ばっかり作ってた。でも、花でも鶴でも鯛《たい》でも作れるよ。水引結ぶのが好きだったから、いろいろ教えてもらった」

そう言うと、手元にあった水引を手に取って、すいすいと亀を作った。亀結びはあわじ結びの応用で、途中まではあわじ結びと同じである。鶴や鯛も作ってくれた。あわじ結びだけで苦労していたわたしからすると、もはや魔法だ。

「あのころは内職で水引結んでる人がたくさんいたんだよ」

「どうしてそんなに盛んだったんだろう？」

「うーん、なんでだろ？　歴史のことはあんまり知らないけど、江戸《えど》時代から飯田は元《もと》結《ゆい》で有名で……」

祖母が首をひねる。

「元結？」

「髪の根元を束ねるための紐《ひも》だよ。このあたりでは『モトギ』って呼ぶ。紙を撚《よ》って糊《のり》で固めるのは水引と同じだけど、色は白と黒しかないし、材料も作り方もちょっとちがう。飯田の元結は質が良いと評判で、江戸時代はずいぶん栄えていたみたいだねえ」

「なんで元結を作るようになったの？」

「それもわからないけど、飯田では丈夫な紙も作れたし……」

「え？　紙？　紙も作ってたの？」

驚いて訊《き》き返す。これまで飯田で紙漉《かみす》きが行われていたとはちっとも知らなかった。

「作られてたよ。下久堅《しもひさかた》っていう天竜川《てんりゅうがわ》の向かい側の村が有名だった。カズは遠いところから運ばれてくるのもあったみたいだけど」

「カズって？」

「紙の材料。ふつうには楮《こうぞ》っていうのかな」

「楮！」

紙を作るのだから楮は必要だ。あたりまえのことなのだが、ここでまた楮の名前が出てきたことに驚いた。

「でも、明治にはいって断髪令が出て、みんな髷《まげ》を結わなくなったでしょう？　それで元結も衰退してしまったんだね。代わりに水引作りが盛んになった」

「なにに使ってたんだろう」

「むかしはどこの家にも和紙と水引があって、手土産を持っていくときには水引を巻いていくのが習わしだったんだ。女学校の教科書にも水引の結び方が載ってたそうだよ。贈り物に水引をかけるのが良家の子女のたしなみ。いまのリボンみたいなもんだねえ」

いまはたいていお店で売られている熨斗《のし》袋を買う。本物の水引がかかっているのもあるけれど、印刷されてるものも多い。あれをむかしは全部自分で結んでたのか。

「で、寛也や冬海が生まれたあたりからブライダルブームがやってきて、豪華な結納品セットが作られるようになったんだよ。水引作りは機械化されて、飾りを作るのはほとんどが主婦の内職だった」

祖母が笑った。

「ひとつのことに集中した方が効率が良くなるからね。梅だったら、枝に水引を巻く人は『ウメヤサン』、花を作る人は『ハナヤサン』、芯《しん》を作る人は『シンヤサン』。みんな専門があって、それぱっかりやってた」

「同じものばかり大量生産してたってこと？　だからあんなに速く結べるんだ」

「いやになるほど作ったからねえ。亀なら話しながらでもいくらだって作れるよ。けど、それも平成になったころからだんだん売れなくなって」

「じゃあ、水引を作ってた人は？」

「内職の人は減ったよね。でも、いまも続けてる工場はあるよ。水引はデパートの贈答品にも使うし、お正月飾りとか、豪華な熨斗袋もあるでしょう？」

「そういえば、この前、紫乃叔母《おば》さんとかわいい熨斗袋見つけたよ。アクセサリーも」

「最近はそういうのもあるみたいだよねえ。遥香が本を見せてくれた。色もいろいろで、おしゃれで、びっくりしたよ。結び方自体は、これならわたしでもできるなあ、って思ったけど……」

祖母がはははっと笑う。

「けど、あんな色使いはわたしにはできないし、水引をアクセサリーにするなんて思いつかなかった。わたしたちが内職してたころはきっちり決まった型があって、その通りに作らなくちゃいけなかったし」

「そうだね」

「でも、思い出してみたら、時間があると余った水引で亀以外のいろんなものを作って、それがけっこう楽しかったんだ。あたらしい結び方も考えたりして……。もう全部忘れちゃったけどねえ」

祖母が目を細めた。記念館ではじめて和紙に出会った気がしていたが、なんのことはない、祖母も和紙にかかわる仕事をしていたのだ。わたしの手作業好きも祖母からの遺伝かもしれない。できあがった箸置きを見ながらそんなことを思った。

4

大晦日《おおみそか》も、母と叔母は朝からおせち作りの手伝いだった。

祖父が長男だったので、祖父が亡くなったいまも元日にはこの家に親戚《しんせき》がやってくる。祖父の弟とその親族だ。大叔父《おおおじ》、その妻、長男とその妻、娘、息子、次男とその妻、娘がふたりで総勢十人。

それに祖母、寛也伯父《おじ》さんの一家、母、紫乃叔母さん、わたし。全部で十八人である。各家から少しずつ持ち寄りもあるが、そのほとんどをまかなうだけのおせちを作らなければならない。

わたしも崇兄さんや遥香ちゃんといっしょに今日買わなければならないものやお酒の

買い出しに行ったり、家の掃除をしたり。それからお供え。これは寛也伯父さんと崇兄さんの仕事で、わたしたちは見ているだけだったが。

夕方にはなんとかすべての支度が整った。年取り魚としてブリを焼き、ごはんは新米。しぐれ煮やなます、黒豆、田作り、根菜を煮こんだ「汁」と呼ばれる煮物。

みんなで居間に運び、座卓にならべる。ひとりひとりの座布団の前に祖母とわたしが作った箸置《はしお》きと箸をおいた。

「あ、水引の箸置き。これが出るとお正月、って感じがするね」

遥香ちゃんが箸置きを手に取った。

「今回は百花も手伝ってくれたんだよ」

祖母が言った。

「って言っても、三つだけだけどね。でも、結ぶのは楽しかった。おばあちゃんにいろいろ教えてもらったよ。梅結びとか、かごめ結びとか、松結びとか……」

「水引結ぶの、楽しいよね。松結びは複雑じゃなかった？」

遥香ちゃんが訊いてくる。

「わたしは松結びよりかごめ結びの方がむずかしかった。形は簡単なのに、全然できない。あと、あわじ玉！」

「あわじ玉はむずかしいよね。ゆるゆるになるか、最後隙間がなくなって水引が通らなくなるかどっちか。ねじれたり重なったりもするし、うまくできたことない。わたしがひとりでちゃんと結べるのはあわじ結びと梅結びだけ。そうだ、結び方をまとめた本があるんだよ。あとで見せてあげる」

　さっき祖母が言っていた本のことだろう。

「わたしもね、大学生のころときどき作ったんだよ。留学生にとってはめずらしいみたいで。プレゼントに水引を結んだらすごく喜ばれて」

「そうか、たしかに海外の人にとっては新鮮かも」

「でも、日本人も同じかな。みんな熨斗袋についてるのしか見たことないから、目の前で結ぶと、おおおっ、てなる」

　遥香ちゃんが笑った。

「おばあちゃんが水引の仕事をしてたのは聞いたことがあったけど、結んだのははじめてで。それに、話もいろいろ聞いたんだ。元結のこととか……」

「ああ、百花は今年から和紙の記念館でバイトするようになったから、紙関係のことに関心があるんだよね」

　紫乃叔母さんが言った。

「水引や元結の歴史のことだったら、わたしより寛也の方がよく知ってるよ」

　祖母が言った。

「そうだね。お父さん、文化財課にいるし、飯田の伝統工芸品とかにはくわしいから。食事のときに訊いてみたら？」

遥香ちゃんの言葉に、うん、とうなずいた。

準備が整い、みな座卓の前に座る。寛也伯父さんのあいさつのあと、食事がはじまった。いつもの飯田の味。素朴だがおいしかった。

「毎年これを作ってるんだから、多津子さんはほんとうにすごい。今回痛感しました」

紫乃叔母さんが言う。

「そんなことないですよ。わたしにはこれくらいしかすることがありませんから」

そう答えながら、多津子伯母さんはいつもより少しうれしそうだった。

寛也伯父さんと崇兄さん、遥香ちゃん、紫乃叔母さんは早くもお酒を飲みはじめている。そのあとはみんなの近況報告。崇兄さんは会社で主任になったらしい。遥香ちゃんは小学校勤務の様子や教え子たちの話をした。

「そうだ、お父さん、百花ちゃんが飯田の水引や元結の話を聞きたいんだって」

遥香ちゃんが言った。

「水引と元結？」

寛也伯父さんがこっちを見る。

「今年から和紙のお店でアルバイトはじめたんだって。それで和紙に興味があるらしくて。今日の箸置きも、百花ちゃんが手伝ったらしいよ」

「へえ、そうなのか」

寛也伯父さんが箸置きを見る。

「飯田で紙漉《かみす》きもしてた、って聞いたんですけど」

わたしは伯父に訊《き》いた。

「うん。飯田の周辺では楮《こうぞ》も取れたからね」

伯父がうなずく。

「そもそも、元結と水引ってどうちがうんだっけ」

遥香ちゃんが訊いた。

「和紙を撚《よ》って作るという点ではふたつとも同じだけど、元結の方がずっと強度があるんだよ。水引は飾るだけだけど、元結は髪を結うためのものだからね。お相撲さんも使うし、ちぎれてしまったら困るだろう？」

「ああ、そうか」

「むかしは日本のいたるところで紙漉きが行われてたし、元結や水引もあちこちで作られてた。別にめずらしいものじゃなかったんだよなあ。でも、十八世紀に美濃《みの》の紙工、稲垣幸八《いながきこうはち》が『さらし紙』という紙を開発して……」

「美濃？」

思わず訊き返す。

「美濃、夏に行きました。紙漉きの勉強に……」

「へえ、アルバイトっていってもずいぶん本格的なんだね」

崇兄さんがこっちを見る。

「いえ、仕事で名古屋《なごや》に行く用事があって、帰りに美濃に寄ったんです。美濃に行ったのは仕事じゃなくて、自分で勉強したかったからで……」

「紙漉き、したの？」

「うん。一日コースで何枚か……」

「そのためにわざわざ？　偉いなあ。でも若いのに和紙に関心を持つとは」

寛也伯父さんが言った。

「そういうことなら飯田の元結の話もなにかの参考になるかもしれないな。さらし紙は強度が高い紙だったそうで、これを素材に元結を作るようになって、飯田の元結は有名になったんだ。同じ美濃出身の桜井文七《さくらいぶんしち》が売り出した『文七元結』が江戸で爆発的に流《は》行《や》って、元結といえば飯田、ってなったんだよ」

「江戸まで伝わってたんだ」

遥香ちゃんが、へえ、という顔になる。

「そうだね。いまでは元結を使うのはお相撲さんや歌舞伎役者くらいだろうけど、みんな飯田の元結を使ってるんだよ」

「元結はどうやって作ってたんですか？」

「基本は水引と同じで、和紙を紙切り包丁で細く切って、こよりにして、米糊《こめのり》で固めていたみたいだ。細く切った紙のことを『カンバシ』って言ってね、短いカンバシを撚りつけながら十間の長さにつないでいく。こういうのは女の人の仕事だったんだって」

「十間《けん》って？」

「一間が一八一・八センチだから、まあ、一八メートルくらい？」

「けっこう長いね」

崇兄さんが、へえ、という顔になった。

「『カンバショリ』のあと、糸車を使ってさらに撚る。で、ツノマタっていう海藻と米の粉で『チャラ』って呼ばれる米糊を作る。架場《はさば》っていう作業場にたるまないように長いカンバシを張って、このチャラをつけていく」

「固めるために？」

「そうそう。で、乾いたら竹ゴスリで擦《こす》る」

「竹ゴスリ？」

遥香ちゃんが首をかしげる。

「竹を割って砥石《といし》と藁縄《わらなわ》で磨いたものだよ。これを使ってカンバシを何往復もする。そうするとツヤが出るらしいんだ。これがなかなかの労働で、冬でも汗をかくくらいだった、って書いてあったなあ」

「材料の紙もこのあたりで漉いていたんですよね」

さっきの祖母の話を思い出し、訊いてみた。

「そうみたいだね。有名なのは久堅のあたり。久堅の紙は丈夫だって評判だったみたいだよ。そういえばこのあたりでは阿島傘《あじまがさ》っていう傘も有名だったんだ。喬木《たかぎ》村っていうところ。多いときは傘屋が百軒くらいあったらしいけど、いまは一軒しかない」

いま和傘を日常的に使う人はいないし、仕方がないのかもしれない。使う人がいなくなれば、そのものもだんだんなくなっていく。

「ともかく、むかし飯田は紙漉きもさかんだったんだよね。原料の楮は遠くから運ばれてくるものもあったみたいだけど、このあたりでも栽培していたらしい。それで紙を漉いて、傘作りにも元結作りにも養蚕にも使って……」

「養蚕？」

遥香ちゃんが訊いた。

「飯田のあたりは養蚕もさかんだった、って学校で習っただろう？」

「うん、それは知ってるけど……。養蚕にも紙を使うの？」

「蚕の卵を保存するための蚕卵紙《さんらんし》に使ってたんだ」

「蚕卵紙……？」

「粘着性のある紙の上にメスの蚕をのせて、産卵させるんだよ。こうやって卵を保存しておくことで、一年に何度も蚕を育てて繭を取ることができるようになったんだ。ほかの養蚕農家に売ることもあったし、海外に輸出したりもしてたみたいだよ」

「ひええ、すごい。卵を紙に……。人間って怖い」

遥香ちゃんが目を丸くした。

「そういえば、このあたりは地域のなかで楮を取って、紙を漉いて、それで元結や水引や傘を作って……。そういうネットワークがあったって、高校で習ったな」

崇兄さんが言った。

「そういう生業《なりわい》の連鎖は飯田近辺だけじゃなくて、もっと遠くまで広がっていたみたいだね。まあ、そうやって、江戸時代は元結が栄えたんだけど、明治になって断髪令が出たあとは売れなくなって、代わりに水引の方が売り上げを伸ばしていったんだ」

「元結を作っていたところが水引を作るようになったんですか？」

「いや、元結は城下町の方で作られていたけど、水引作りが盛んだったのはこのあたりだね。はじめは元結で余った紙で作ってたみたいだけど、だんだん水引の方が主流になっていったんだよ。ブライダルブームで豪華な結納品や金封が大流行して。あのころはおばあちゃんもずいぶん内職してたんだよなあ」

寛也伯父《おじ》さんが祖母を見る。

「そうそう。みんな内職してた」

祖母が笑った。

「まあ、水引の話はそのくらいにして……」

多津子伯母《おば》さんの声がした。

「今日は、ひとつ大事な話がありますから」

そう言って、寛也伯父さんを見た。

「そうなんだ。まあ、これも前から話していたことではあるし、崇や遥香はもう知ってることなんだけど。明日《あした》は親戚《しんせき》が来てそれどころじゃないし、次の日から多津子の家に行くことになってるから、今日のうちにちゃんと話しておこうと思って」

　寛也伯父さんがみんなを見まわす。母も叔母も座り直し、背筋を伸ばす。わたしもならって伯父を見た。

「紫乃にはこの前ちょっと話したが、この家を建て替えることになった。いま業者と相談中だが、来春取り壊し、あたらしい家を建てる」

「それ、もう本決まりなの？」

　母が訊いた。

「うん。いろいろ考えたんだけど、これまでもいろいろ不具合があったしね。だいぶガタがきてるみたいで、今回一部を直してもすぐにまたどこか壊れるだろう、って言われて。冬の寒さも辛《つら》いし、階段も急だし、母さんの身体のことを考えてももっと暮らしやすい家に変えた方がいいと思って」

「けど、建て替えるとなったら大きな話じゃない？」

「はい。だからいくつかの会社に当たって、プランを出してもらって、見積もりも取ってくらべました」

　多津子伯母さんが大きな封筒から書類を出す。

「多津子と相談して、この業者でいくことにした。定評のある会社だよ」

伯父はそう言って、書類を母に手渡した。

「細かい間取りはこれから相談するとして……。この家は冬海や紫乃にとっても生家だし、いちおう了解をとっておこうと思ってね」

「まあ、住んでいるのは兄さんたちだから、わたしたちがどうこう言うようなことじゃないと思うけど」

紫乃叔母さんが言った。バスのなかでの話を思い出し、祖母の方をちらっと見る。なにも言わないが、表情が少しかたい。

「建て替えしているあいだはどうするの？」

母が訊《き》いた。

「それもいま相談中だが、業者が手配してくれた市の中心部に近い一戸建てを借りることになりそうだ。取り壊したあとすぐにあたらしい家の建設がはじまって、寒くなる前に完成させる、って話になってる」

「つまり、半年以上仮住まい、ってことか」

紫乃叔母さんが言った。

「はい。工期としてそれくらいがふつうだそうで」

多津子伯母さんが答えた。

「お父さんとわたしはむしろ通勤便利になるし。遠くなるのはお兄ちゃんだけだね」

「俺も自分の車買おうかなあ」

崇兄さんがぼやく。

「そうなったら父さんたちはバスか歩きで通勤するし、車はお前に貸すよ」

寛也さんが笑う。

「そうよ、無駄遣いしないで」

多津子伯母さんが言った。

「いや、前から思ってたことだから。いちいち借りるの面倒だし、気を遣うし。安い中古のでいいんだよ」

崇兄さんがぼやいた。

「それはそれとして。ともかく、来年の夏はその仮住まいになって、次のお正月にはあたらしい家に移ってる、ってこと」

寛也伯父さんがそう言ってわたしたちを見た。

「ってことは、ここに泊まるのは今回が最後、ってことか」

紫乃叔母さんが言った。今回が最後。来年のお正月には、ここはあたらしい家になる。

「なんだかちょっとさびしいなあ」

叔母がつぶやくように言った。

「思い出のある家だけど、住んでいて不便だっていうのもたしかで……」

寛也伯父さんが言った。

「いつかは建て替えなくちゃならないんだし、おばあちゃんだって、その方が絶対に住みやすくなりますから」

多津子伯母さんが祖母を見た。

「うんうん、わたしはみんながいいんだったら、それでいいと思うよ」

祖母がうなずく。微笑んではいるが、バスのなかで叔母が言っていた通り、少しさびしそうに見えた。


食事が終わったあと、寛也伯父さんが、紙や元結、水引のことを知りたいなら飯田市美術博物館に行くといいかもしれない、と教えてくれた。

飯田市美術博物館とは美術館と博物館が合体したような施設で、飯田市出身の菱田春《ひしだしゅん》草《そう》という日本画家の絵あり、飯田市の歴史の展示あり、恐竜の骨の展示あり、プラネタリウムあり、と飯田市にかかわるものはすべて集結しているのだそうだ。

「この前学校でも行ったけど、むかしの元結とか、紙漉《かみす》きのことも展示されてたよ。人形劇に関する展示もあったなあ」

遥香ちゃんが言った。

そもそも飯田は京と江戸のなかほどに位置する交通の要衝であり、西と東から文化が流れこみ、芝居、見世物、浄瑠璃《じょうるり》などさまざまな娯楽や遊郭が栄えた土地だった。たいへんな盛況で、人々は芝居や浄瑠璃に熱狂したのだそうだ。

「行ってみたいなあ。でも年末年始は休みか」

「そうだね。三日か四日までは休みかな」

遥香ちゃんがスマホを取り出す。

「やっぱり。四日まで休館だって」

「そうかあ。三日に帰る予定だから無理だね」

残念だが仕方ない。来年の夏に来たときにしよう。

「そういうことなら、ちょっと滞在をのばそうか」

台所から出てきた母が言った。

「え？ いいの？」

驚いて訊いた。

「百花は授業、七日からでしょう？」

「うん、大学は。六日に記念館に出ることになってるけど」

「わたしは会社、七日に出ればいいから。そしたら五日までいて、博物館見てからそのまま帰ればいいんじゃない？ 紫乃は五日から店をあけるみたいだから、先に帰ってもらうことになるけど」

五日のうちに帰れれば問題はない。飯田に来る前に夜更かしして課題はほぼ片づけておいたから、帰ってからやらなければならないこともなし。余裕である。えらいぞ、わたし。

「みんな、そろそろ初詣《はつもうで》、行くぞ」

崇兄さんの声がした。時計を見ると十二時半。上着を着こみ、初詣に出た。

5

帰ってきたのは二時近く。着替えてそのまま床についたが、元日の朝はゆっくり眠ってしまった。目が覚めたのは十時過ぎ。もう叔母《おば》と母の姿はない。着替えて廊下に出ると、台所からかたかたと音がした。見ると、もう多津子伯母《おば》さん、母、叔母は朝食の支度をはじめていた。

「おはようございます」

寝坊したことが申し訳なく、小声で言った。

「あら、百花さん、早いのね」

多津子伯母さんが言った。

「いえ、寝坊してしまって……」

「そんなことないわよ、うちの崇も遥香もまだ起きてきてないもの」

めずらしく多津子伯母さんが笑った。そういえば、毎年そんな感じだった。

「お正月だもの、いいわよねえ」

叔母がのんびり言った。

「居間でおばあちゃんが年賀状の仕分けしてるから、あいさつしておいで」

母が言った。例によって台所はいっぱいで、わたしの居場所はなさそうだ。はーい、と答え、居間に向かう。襖《ふすま》を開けると、祖母が年賀状をいくつかの束に分けていた。

「おはよう」

うしろから声をかけると祖母がふりむく。

「ああ、おはよう。いちばんは百花だったか」

「そうみたいだね」

なんでだろう、お正月の朝はなぜかぐっすり眠ってしまう。人を眠らせる妖怪《ようかい》でも出て来ているのだろうか。

「年賀状、莉子《りこ》ちゃんからも来てた」

「莉子から？」

祖母が差し出した年賀はがきはたしかに莉子からのものだった。去年撮った写真を何枚か組み合わせて印刷したもので、わたしと美濃に行ったときの写真もはいっていた。

一昨年《おととし》のお盆は母も紫乃叔母さんも忙しくて夏休みが取れず、わたしひとりで帰省することになった。その話をしたところ、莉子も行ってみたい、と言い出した。それで、いっしょにこの家に泊まったのだ。

そんなに大きな観光地もないけれど、天竜峡《てんりゅうきょう》で川下りをしたり、崇兄さんの運転でしらびそ高原、「日本のチロル」と呼ばれる下栗《しもぐり》の里まで出かけたりした。そのとき莉子はなぜか祖母と親しくなり、去年も年賀状を送ってきていた。

「この写真、美濃だよ。夏にいっしょに行ったんだ」

「そうなんだ。莉子ちゃん、写真うまいねえ。ＳＮＳの写真もときどき見てるんだよ。遥香にハートのつけ方も教えてもらった」

「え、ほんとに？」

祖母がスマホを！　莉子は気づいているのだろうか？

「莉子はおばあちゃんだってわかってるのかな？」

「わからないんじゃないかな。教えてないから……」

「アカウント名は？」

「てる」

祖母の本名である。だが、莉子はフォロワーが多いから、それだけじゃ気づかないかもしれない。

「ハートつけるだけじゃなくて、メッセージも書けるんだよ」

「遥香からも聞いたけど、なに書いたらいいかわかんないし」

「別にたくさん書かなくちゃいけないわけじゃないし。あとでやり方教えてあげるから。あと、おばあちゃんはなんか投稿してるの？」

「まさか、してないよ。見てるだけ。投稿するものなんか、なんもないもん」

「えーもったいない。じゃあ、この前作った箸置《はしお》きの写真、投稿しようよ。それで莉子にあいさつしよ」

「年賀状は送ったよ」

「それとこれとはまた別」

莉子のお祖母さんは、莉子が小学生のときに亡くなったらしい。お祖母ちゃん子だったからショックだったと言っていた。祖母と親しくなったのも、自分の祖母を重ねているのかもしれない、と思った。

「じゃあさ、いまやろう」

「え、いま？」

祖母が目を丸くする。

「年賀状の仕分けはもう終わったんでしょ。夕方になったらみんな来て忙しくなるし、いまやろうよ」

座卓の上の年賀状の束は、もうすべて宛先ごとに分かれていた。

「えー、でも、むずかしくない？」

「簡単だよ。スマホ持って来て」

「わかった」

祖母が立ちあがる。居間を出て行き、しばらくすると戻って来た。ピンクのリボンのついた折りたたみ式のスマホケースにおさめられている。

「このケースもね、あんまり気に入ってないんだけど、いいのがなくて」

たしかに祖母くらいの年の人向けのケースなんてあまり見たことがない。ネットで探せば見つかるのだろうか。

「あと箸置き……。ほんとに撮るの？」

祖母が箸置きを座卓の上に置く。赤と白の水引。朝日のなかで見ると、一段ときれいだ。

「撮るの。こういうのは思い立ったときにしないと忘れちゃうから」

莉子に教わったことを思い出しながら、箸置きを座卓にならべる。古い木の座卓だが、なかなかいい感じだ。窓からの光で水引がきれいに見える場所を探す。わたしの機種とはちがうので少し操作に戸惑ったが、ピントや構図を考えながら二、三枚撮った。

「どれがいいかな？」

撮った写真を祖母に見せる。

「選ぶの？　そうだねえ」

祖母がスマホをのぞきこんだ。

「うわあ、なんか、写真で撮るとけっこういい感じに見えるね」

少しうれしそうな顔になる。

「そうだよ。すごくきれいだもん。莉子も驚くよ、きっと」

「ほんとう？　じゃあ、どうしよう、この最後のやつがいいかな。莉子ちゃんの写真でこういう感じのよく見かけるし」

まさに！　莉子に撮り方を習ったので、どうしても似てしまう。

「よし、そしたら、これをおばあちゃんのアカウントでアップするね」

「アップ？」

「投稿すること。こうやって写真を選んで……」

うんうん、とうなずきながら祖母が画面をのぞきこむ。

写真を選択し、アップロードのアイコンをタップすると、アップ先の候補が出てくる。寛也伯父《おじ》さん、遥香ちゃん、崇兄さんのメッセージのアイコンがならぶなか、SNSのアイコンを選んでタップすると、SNSの画面に切り替わった。

「ここに文章打つんだよ」

「えーっ、文章なんて書けないよ。なに書けばいいの？」

祖母が両手をぶんぶん振った。

「スマホでメッセージを書いたことはあるんだよね」

「うん、家族宛なら。でも、こういうのは……」

「まあ、おんなじ感じでいいんだよ。最初はフォロワーもあんまりいないし」

と見ると、遥香ちゃんひとりである。ちなみに、フォローしているのは、遥香ちゃん、莉子、わたしの三人。わたしのも見られていたのか……。とりあえず、あとでわたしの方からフォローしておこう……。

「そしたら、今回は『あけましておめでとうございます。お正月の箸置きです。水引で作りました』でいいんじゃないかな」

「わかった。えーと……。あ、け、ま、し、て……」

かなりゆっくりだが、ちゃんと打ってるし、変換もできるみたいだ。

「できた。これでいいかな」

「うん、大丈夫。そしたらここをタップする」

投稿のアイコンをタップした。

「わあ、できた」

画面を見て、祖母が声をあげた。

「そしたら、莉子にもあいさつしておこう」

莉子はすでに新年のあいさつを投稿している。そこに返信する形にすることにした。

「なんて書けばいいだろう？」

「なんでも。おばあちゃんだってわかることが目的だから」

「うーん……」

少し考えてから、祖母は「飯田のてるです。百花の祖母です。あけましておめでとう。今年もよろしく」と打った。

「うん、これでいいと思うよ。そしたらこれを、送る、と」

「それだけでいいんだ」

「そうだよ。簡単でしょ？　ついでにアイコンも変えとこう」

いま撮った水引の一部を切り出し、デフォルトの画像のままだったアイコンを水引の画像に変えた。

「へええ。こうするとこの丸が変わるんだ」

「アイコンはほかに好きな写真があったら変えられるから」

「ううん、これでいいよ。すごいねえ。本格的になってきた」

祖母は目をかがやかせている。

「さっきの写真を送るやつ、やり方、教えて。メモしとくから」

「メモ？」

紙に書いて覚えるようなことかな、と思いながら、祖母の持って来たメモ帳に手順を書く。書き終わらないうちに祖母のスマホから通知音が鳴った。

莉子だ。

――おばあちゃん！　あけましておめでとうございます。今年もよろしくお願いします。こちらからもフォローしました。水引の箸置き素敵ですね！

見るとフォロワー数がひとり増え、箸置きの写真の投稿にRTといいねがついていた。

「わあ、ハートがついてる」

祖母はにこにこ顔である。

「そしたら、莉子に返信しとこ。返信はねえ、このふきだしマークをタップして……」

「ここ？」

「そうそう」

返信を入力する画面が出て、祖母はまたゆっくりと、ありがとう、と打った。

「わたしもおばあちゃんのアカウントフォローするね。ちょっと待ってて」

いったん部屋に戻り、スマホを持って来た。祖母のアカウントをフォローし、水引の投稿にRTといいねをつけた。

「あ、いま、ピコッてなった！」

祖母が声をあげる。フォロワー数も三人になった。と思ったら、なぜかさらにフォロワーがひとり増え、水引の投稿のRTといいねの数が増えていった。

「あれ？　どうして？」

「莉子が拡散してくれたからだよ、きっと。わたしのアカウントはそんなにフォロワーいないけど、莉子はたくさんいるから」

記念館で作った組子障子のカードのときもそうだった。莉子のアカウントからRTされたことで、どんどん拡散されていったのだ。

そうだ、組子障子のカード……。カードを買ったとき母は、これでおばあちゃんに手紙を書く、と言っていたけれど、忙しくて結局出さずじまいになってしまった。それで祖母に渡そうと思って持ってきたのに、すっかり忘れていた。

「あ、また増えた！」

祖母の声がした。いつのまにかフォロワーの数が二桁《けた》になっている。音がわずらわしいので通知を切り、どんな人がフォローしてくれたのかのぞいてみた。知らない人も多いが、小冊子研究会の面々もいた。そしてふじさき記念館も！

え、だれが……？　莉子もパスワードを知っているが、社外の人間だから勝手に投稿やフォローはしない約束になっている。わたしもしてない。

ということは、藤崎さん？

元日から藤崎さんがSNSをチェックしていたこと自体驚きだが……。

「すごいねえ。なんだか急にお友だちが増えたみたいで、うきうきするね」

「水引に興味を持ってる人もたくさんいると思うし、これからも写真撮って投稿しようよ」

「そうだねえ。ひとりでできるかわからないけど……」

「できるよ。遥香ちゃんにも言っとく。水引だけじゃなくてもいいんだよ。お花とか、この家のなかとか……」

そこまで言って口をつぐんだ。この家はあと少しでなくなってしまう。写真はたくさん撮っておいた方がいい。でも、祖母にそんなことは言えない。

「そうか。そういうのでもいいんだね」

祖母がうなずく。

「ただ、気をつけなくちゃいけないこともあって……」

学校で教わるような個人情報のことをかいつまんで説明し、迷ったらわたしに電話してもいいし、崇兄さんか遥香ちゃんに訊《き》いてね、と言った。

「おはよう」

遥香ちゃんの声がして、襖《ふすま》が開いた。

「遥香も起きたね。年賀状、まとめてあるよ。遥香宛にいっぱい来てる。かわいいハガキばっかりだよ」

「うわ、ほんとだ……」

遥香ちゃんは自分宛の年賀状の束を手に取ってめくりはじめる。宛名が鉛筆書きだったり、かわいいイラストが描いてあったり。小学校の子どもたちからなのだろう。

「ミユキちゃんのは版画だ。うまーい」

木版だろうか、ゴム版だろうか、大胆な構図のイノシシの姿が見える。

「大学時代の友だちのもある。卒業するとなかなか会えないからかなあ。あ、菅谷《すがや》先生からも来てる。よかった〜出しといて」

遥香ちゃんは年賀状に目を落としたまま言った。

「そうだ、遥香ちゃん、おばあちゃん、ＳＮＳに投稿したんだよ」

「ほんと？」

遥香ちゃんが顔をあげる。

「って、なにを？」

「水引の箸置《はしお》きの写真」

「へえ。見せて」

「ほら。わたしもフォローしたんだ」

祖母のスマホを遥香ちゃんに手渡す。

「ほんとだあ。きれいだね。え、なにこの数字。すごい拡散されてるじゃない」

遥香ちゃんが目を丸くした。見るといつのまにか、いいねが百近くなっている。

「莉子が拡散してくれたんだよ」

「へえ、莉子ちゃんが……。さすがだねえ。フォロワーも増えてるし、これは今後も投稿し続けるしかないね」

遥香ちゃんが祖母に言った。

そのあと崇兄さんも起きてきて、全員そろっての食事になった。時間も遅いので朝昼兼用。夕方には親戚《しんせき》が来て早くから食事がはじまるので、いまは軽く、おせち数品と汁物だけ。寛也伯父《おじ》さんがあらためて新年のあいさつをして食事がはじまる。

寛也伯父さんと多津子伯母《おば》さんは近所にあいさつに出かけ、崇兄さんと遥香ちゃんと三人で食事の片づけ。祖母と母と紫乃叔母《おば》さんは居間でテレビを見はじめた。ときどき祖母たちの笑い声が聞こえ、なんだかのんびりして、正月という感じだ。

だが、二時をすぎたあたりからまたあわただしくなる。居間に二十人近い人がはいるわけだから、ほかの部屋からも座卓を集めなければならないし、崇兄さんや遥香ちゃんも手伝って夜の宴席の準備をした。

三時半ごろ準備を終え、みな身支度を整える。四時をむかえるころになると、親戚が集まりはじめた。最初に大叔父《おおおじ》、大叔母。次に次男の一家、長男の一家。一年ぶりにはとこたちと顔を合わせ、家のなかもお祭りみたいににぎやかになった。

6

二日の朝から、伯父の一家は泊まりがけで昼神《ひるがみ》温泉の近くにある多津子伯母さんの実家に出かけていった。出がけに遥香ちゃんが前に話していた水引の本を貸してくれた。

たしかにかわいい。色合いもきれいだし、水引とは思えないモダンな印象だった。

昨日の親戚の集まりで疲れたのか、午前中は母も叔母も気が抜けたようにぼんやりしていた。四人で遅い昼食をとると、母は部屋に戻って仕事の本を読みはじめ、叔母はタブレットでメールチェックをしている。

わたしは遥香ちゃんに借りた本をめくった。あわじ玉のイヤリング。梅結びのブローチ。前に紙こもの市で紫乃叔母さんが買っていたアクセサリーもこんな感じだった。

あわじ玉はうまく作れなかったけど、あわじ結びならなんとか結べる。こういうの、作れないかな。そう思いながら、居間でテレビを見ている祖母のところに行った。

「ねえ、おばあちゃん」

「うん？」

「もう少し水引を習いたいんだけど……」

「水引を？」

祖母はちょっと驚いたようにこっちを見た。

「遥香ちゃんに本を借りたの。すごくかわいいアクセサリーの作り方がのってて……。わたしにもこういうの作れないかな、と思って」

借りた本を胸に抱いて言った。

「ああ、その本か。うん、簡単なのもあったよ。じゃあ、作ってみようか」

「ほんと？　ありがとう」

「ちょっと待ってて」

テレビを消して立ちあがる。居間を出て、自分の部屋から水引と道具を持ってきた。

「あれ、この前とちがう」

水引の色が増えている。本に載っているみたいな、シックな色合いのものもたくさんはいっていた。

「そうそう。あのときの水引だと、この本に載ってるようなのを作るのはむずかしいからね。部屋を探したらいろいろ出てきたんだ。きらきらしてるのとか、絹巻のとか」

「絹巻？」

「うん。この前箸置きにしてたのは色水引。水引をそのまま色で染めたものだね。わたしは使い慣れてるけど、一度折れると折り癖がつくし、染まっているところが破れて白い色が見えてしまうこともあるんだ。だから上級者向け」

「そうなんだ」

「絹巻は、和紙の芯《しん》に細い人絹を巻いてるんだよ」

「人絹？」

「レーヨンのこと。色のついた細いレーヨンを巻いてるから、さわった感じがなめらかで、やわらかくて癖もつきにくい。結び直しもちょっとならできる」

「色も落ち着いてるね」

「そう。色の数も多いしね。初心者でも扱いやすいと思うよ。あわじ玉は……きっちり結ぶのはやっぱりむずかしいかもしれないけど」

祖母はそう言って、紫と紺と白の水引をひっぱりだした。

「色数が多いから、色合わせも楽しめるよ。前に紫乃が写真を送ってくれたネックレスはこんな色合いだったかな」

「うん、そうだった」

紙こもの市で買っていたものだ。あれもきれいだった。

「紫乃は、めずらしい結び方、って言ってたけど、よく見たらあわじ結びの応用だったよ。あわじ結びさえきちんとできれば、けっこういろんなものが作れるんだよね」

「そうなの？」

「先生のところに集まって、みんなで協力して大きな像を作ったこともあったなあ。でも、こういう小さいもの、ひとつの結びだけでアクセサリーにする、っていうのは考えなかった」

本を見ながら言う。

「わたしたちにとっては贈答用の飾りのイメージがあるから……。それに、紫乃が言ってたよ。自分たちの若いころは洋服に合わせられる和風のアクセサリーなんてほとんど見なかった。でもいまは和風のものでも洋服に合わせやすいデザインになってて、みんな自由につけてる、って」

「日本の古典的な模様って、きれいだもんね。わたしも好き」

そう言って、麻の葉の組子障子を見た。木の枠と白い紙という組み合わせもシンプルでうつくしい。

「そしたら、絹巻を使って、梅結びから作ってみようか。そうだなあ、ネックレスにするなら、三本くらいでいいんじゃないかな」

祖母が水引を座卓にならべる。箸置《はしお》きのときは五本で作った。本数が増えるごとにむずかしさが倍増して、五本をきれいに結ぶのにはずいぶん時間がかかった。

「色合わせがポイントだからね。どの色にしようか」

祖母が選びはじめる。

どうしよう。一色ずつでもきれいだから、あえて全部同じ色にする、というのもあり得る。二色同じにして、一本だけ白にするのもいいかも。何系にしよう。青？　赤？

黄色もいいな。黄色と茶色と白？　いや、黄色二本と白一本にしよう。

水引を手に取る。祖母は赤と白とピンクを選び、しばらくじっと悩んだあと、赤を戻して、白一本とピンク二本にした。

「ピンクなんて使ったことなかったから。これも挑戦」

祖母は楽しそうだ。

「水引はきれいに結ぶのがいちばんだからね。結び方はみんな同じなんだから、いかにきれいに結べるか」

たしかに箸置きを作った水引にくらべ、絹巻水引はやわらかく、扱いやすかった。この前は自信がなかったのに、眠っているうちに記憶が定着したのか。あわじ結びは祖母の手元を見なくてもできるようになっていた。

「できた？」

「このくらいでいいかな？」

形を整えながら答える。

「うん、きれいきれい。そしたら、同じものをもうひとつ作る」

「もうひとつ？」

「ふたつ張り合わせるの。そうすれば両面おもてになるでしょう？」

「なるほど。張り合わせるときに金属の輪っかをつけとけば、鎖につなげられるね」

「輪っかはないけど、水引を留めるのに使う針金はあるから、それでいいかな」

「うん。鎖とか金具を通す穴さえあれば、あとはうちに帰ってからつければいいし」

祖母が細い針金で水引の最後の部分を留める。その針金を使って輪を作って水引の外側に出し、ふたつを貼り合わせた。わたしも祖母を真似てふたつの梅結びを留める。

「できた」

　できあがった梅結びを宙にかざす。黄色と白の組み合わせ、かわいすぎるかな、と思っていたが、落ち着いた色なのでそうでもない。祖母のピンクもかわいかった。

「おばあちゃんのピンクもかわいいね。ほんとの梅みたい」

「そうかな？」

　祖母もうれしそうだ。

「なにやってるの？」

　襖《ふすま》があいて、紫乃叔母《おば》さんが顔を出す。

「水引、教わってるの」

「へえ、どれどれ？」

　叔母がとなりに座り、わたしの手元を見る。

「わあ、かわいいじゃない。百花が作ったの？」

　目を丸くして言った。

「そうだよ。こっちはおばあちゃんの」

「わあ、これもかわいい。わたしが紙こもの市で買ったのと変わらないじゃない」

目を近づけて水引をじっと見る。

「すごい、こんなの作れるんだ」

「この本、遥香ちゃんに貸してもらったんだ」

叔母の前に本を置いた。

「へえ。ああ、わたしが紙こもの市で見た水引もこんな感じだったなあ」

ページをめくりながら叔母が言った。

「母さん、こういうのも結べるの？」

「結べるよ。写真を見たら結び方もある程度はわかる。前に紫乃が送ってくれた写真の水引も、あわじ結びの応用だね」

「そうなんだ……」

叔母はぼうっと祖母の顔を見た。

「知らなかった」

「叔母さんは水引結び、おばあちゃんから習わなかったの？」

わたしは訊《き》いた。

「習わなかったよ。母さんいつも内職で忙しそうだったし、わたしもあんまり興味なかったから」

「そうだねえ、あのころはあわただしかったもんねえ。遥香とは水引で遊んだけど、自分の子どものときはそんな余裕なかった」

祖母が言った。

「わたしたちも母さんの内職、としか思ってなかった。おしゃれなものだとも思ってなかったし……。若いころは、やっぱり洋風なもの、東京のものの方がおしゃれだと思ってたから」

いまとはちがうんだな、と思った。叔母の店で扱っているのは和の器ばかり。いわゆる和風とは少しちがうけど、日本の伝統工芸の技術を生かしたものばかりだ。

「そうだよねえ、みんな東京に憧《あこが》れてた」

祖母がぼそっとつぶやく。

「冬海も紫乃も……。寛也は名古屋の大学に行って地元に戻ってきたけどね」

「ごめんねえ。でもどうしても東京に行きたくて」

叔母が息をつく。

「いやいや、それでよかったと思ってるんだよ、わたしは。ここにいたら、冬海も紫乃も窮屈な思いをしたかもしれない。せっかく生きてるんだから、したいことを思いきりした方がいい」

「そうかもしれない。いろいろあったけど、いまは自分のお店も持てて、よかったなあ、って思ってる。東京じゃなきゃできなかった。許してくれた母さんには感謝してるよ。父さんは反対したのに……」

「そうなの？」

「そうだよ。姉さんもわたしも東京の大学に出ることにはずいぶん反対された。そもそも女だから大学なんて行かなくても、とも言われたし。父さんなりに心配してたんだろうけどね。でも母さんが、行った方がいい、って。内職で貯金しててくれたんだよねえ。わたしたちの進学のために」

「まあまあ、いいじゃないの。ただ、女だから○○しちゃダメ、っていう決めつけがいやだったんだよ。わたしもさんざんそう言われて、したいようにできなかったから」

祖母が息をつく。

「娘たちには夢をかなえてほしかったんだよねえ。いつのまにかそれがわたしの夢になってた。そのために内職がんばったんだよ。もう、執念だね。お金が貯まるのがうれしくて。一歩ずつ夢に近づいてる気がして。景気がよかったからできたことだけど」

それで毎日水引の亀を作っていたのか。祖母の手をじっと見た。

「でも、ほんとはここにもこんなきれいなものがあったんだね」

叔母は水引をそっとなでた。

「兄さんはこっちで働いて家族も作って、母さんといっしょに暮らして。姉さんだってちゃんと結婚して、百花も生まれて。なのにわたしは自分の好きなように生きてきただけ。なんだか、申し訳なくて」

叔母の目に涙がにじんだ。

「なに言ってるの、立派なお店を作ったじゃないの。喜んでくれるお客さんも作家さんもいるんでしょう？　大事なことだよ」

　祖母が微笑む。

「紫乃叔母さんがいなかったら、母さんとわたしだけじゃどうにもならなくなってたよ。わたしが記念館でバイトできるようになったのだって……」

　わたしも言った。

「そうだよ、みんなどこかでつながってるし、人の役にも立ってる」

「だといいけど」

　叔母が目《め》尻《じり》を拭《ふ》く。

「わたしにも水引、教えてくれる？」

　叔母が水引に手をのばす。

「いいよ、もちろん」

　祖母がうなずく。

「水引っていうのはね、もともと『結』のためのものだったんだよ」

「結？」

　叔母が訊く。

「結納の『ユイ』。ユイっていうのは、助け合いの心だったんだそうだよ。だれかが助けを求めたら、自分のことを置いても助ける。その心こそが『結』。贈り物にそういう気持ちをこめるために、水引で結んだんだよね」

「ただの飾りじゃ、ないんだね」

叔母はじっと水引を見つめた。

「そうだよ。心をあらわしたものなんだ」

祖母がうなずいた。

叔母も一本のあわじ結びからはじめ、二本、三本と増やし、梅結びもできるようになった。大きなブローチを作るために五本の梅結びに挑戦し、四苦八苦している。

そのうちに母もやってきて、いっしょにつくりはじめた。子どものころまったく結んだことのなかった叔母とちがい、母は何度か祖母の手伝いをしたことがあったらしい。あわじ結びまでは覚えていた。

最初はアクセサリーを作るはずだったのに、手を動かすこと自体が楽しくて、みんなで無言でいくつも梅結びを作った。白に赤、濃いピンク、薄いピンク、黄色……。いつのまにか座卓のうえに小さな梅の園ができていた。

これを応用して、記念館のグッズを作れないだろうか。小さな水引結びをつけたポチ袋？　ご祝儀袋もいい。さっきの祖母の話を思い出し、文具というより、贈答用、人と人を結ぶためのなにかに使いたいような気がした。

店舗でプレゼント用のリボンの代わりに水引を使う提案をするのもいいかもしれない。淵山さんのshizukuや、翠《みどり》さんの「八十八夜《はちじゅうはちや》」。

リボンとくらべて扱いにくいだろうか。でも、リボンを使ったラッピングにも技術は必要だ。水引をきれいに蝶結《ちょうむす》びにするだけでもきれいだし、結びを作っておいて、簡単に取りつけられるようなキットを作るとか……。

「母さん、いつも忙しくて、あんまり話すことなかったんだけど、手伝いが終わったあとは少しおしゃべりができたんだよね。それが楽しかった」

母の声がした。

「そうだった？　そんなに話さなかったかな」

手を動かしながら祖母が訊く。

「うん、そうだね。子どものころは、母さんは無口なんだって思ってた」

叔母《おば》が笑った。

「しゃべるようなことがなかったのかもなあ」

「でも、わたしたちの話は聞いてくれたよね」

母が叔母に言う。

「そうだね。内職しながらでも、うん、うん、って言って聞いてくれた」

「そうそう、たいてい、台所の机に水引広げて……」

「わたしたちが帰ってくると片づけて、ごはんの支度して……。たいへんだったよね、おじいちゃん、おばあちゃんもいて、子どもも三人いたんだもん」

叔母が言った。おじいちゃん、おばあちゃんというのは、わたしの曾祖《そうそ》父《ふ》、曾祖母のことである。わたしが生まれる前に亡くなったが、かつてはこの家で母たちといっしょに暮らしていた。

「そうだよねえ。いまは楽になったよ。多津子さんがほとんどのことをしてくれる。今年はおせちだって、ふたりが帰ってきてくれたからわたしが手伝うこともなかったしねえ」

祖母の顔が少しさびしそうに見えた。

「いまは食事の支度は毎日多津子さんがしてくれるでしょう。掃除くらいかなあ。この家の掃除はけっこう面倒なところがあって……」

祖母が部屋を見まわす。

「あの障子もね」

麻の葉の組子障子の方を見た。あ、そうだ、まだ組子障子のカード、渡してない。

「組子になってるから、埃《ほこり》を取るのが大変で。ここに嫁いできたばかりのころは、なんて面倒な形なんだ、って思ったっけ」

祖母が笑った。

「毎日はたきをかけるけど、ひとマスごとが小さいでしょう、それに尖《とが》ったところに埃がたまりやすくて。しょっちゅう布で掃除しなくちゃならなかった。けど、掃除しながら見てると、やっぱりきれいだなあ、って」

「そうだよね。わたしもあの障子好きだったわ」

叔母が言った。

「わたしも。それに、雪彦さんが……」

母がなにか言いかけて止まる。

「ああ、雪彦さん、あの障子を褒めてくれたよね」

祖母がうなずく。

「ええ。きれいですね、って。こんなにうつくしいものがあるんですね、って」

母が立ちあがり、障子に近づく。

「あのとき……。雪彦さんが訪ねてきてくれたときは、ちょうど雛祭《ひなまつ》りの時期で。この障子の前にお雛さまが飾られてた」

「わたしたちのお雛さま？」

紫乃叔母さんが訊《き》く。

「そう」

「遥香が生まれた直後だったんだよね。遥香のお雛さまを飾るとき、いっしょに出したらはなやかだろう、ってことになって」

祖母が答える。

「ここにふたつ、お雛さまがならんでた」

母が障子の前に立ち、雛人形があった位置を示す。

「そうそう、遥香が子どものころは毎年お雛さまを全部出してた。いまは遥香も忙しくなって、全部は飾らなくなっちゃったけど」

祖母が障子を見つめる。

「あの、わたし、見せたいものがあって……」

そう言って立ちあがった。

「あ、もしかして組子障子のカード？」

母が訊いてくる。

「そう」

「なに？　組子障子のカードって」

祖母が首をかしげた。

「百花がいまのバイト先で作ったカード。ううん、実際に作ったのは百花じゃないか。百花が企画したカード、かな。母さんにも見せようと思って、手紙を書いて送るつもりだったのに、結局そのままになっちゃって」

母が説明する。

「ちょっと待っててね」

自分たちが使っている客間に行って旅行鞄《りょこうかばん》からカードを取り出す。

「はい、これ」

居間に戻り、祖母にカードを差し出した。

「え、これは……。この障子……？」

祖母は目を丸くして、組子障子とカードを代わる代わる見た。

「そうなの。このカードがきっかけで、いまの記念館で働くことになったんだ」

和紙のうつくしさに目覚めてこのカードのもとになるカードを手作りしたこと。記念館の館長に見せたところ、最新技術を使ってより洗練されたカードが作られ、記念館のグッズとして販売されたこと。それがきっかけで館長のお祖母《ばあ》さまと出会い、記念館で働くことになったこと。そんなあれこれをかいつまんで説明した。

「すごいじゃない。百花が作ったものが認められた、ってことでしょ？」

祖母はうれしそうな顔だ。

「まあ、縦横の比率とか、模様の細かさとか、全部変わっちゃったんだけど。けど、そのおかげでめちゃくちゃ素敵になったんだ。やっぱりプロはすごいね。こういうものの良し悪しは細かいところで決まるんだ、と思った」

「でも、そのアイディアを思いついたのは百花だもんね。そのあともいろんなアイディアを出して、いくつも製品になったんだよ」

叔母が言った。

「和紙でなにか作りたい、って思ったとき、この障子が頭に浮かんで……。この障子があったから、カードを作れたんだと思う」

そう言って、祖母を見た。この障子がわたしの記念館でのもの作りの第一歩だった。そのことが急に誇らしく思えた。

「百花も、もう大人なんだね……」

祖母がカードを見つめる。

「遥香も、崇も、立派になった。百花も自分の道を歩もうとしてる」

ひとりつぶやき、じっと黙った。

「ほんとはさ、この家がなくなるのが少しさびしかったんだ」

祖母がぽつんと言った。

「ここは嫁いできた家だからね。いいことばっかりじゃなかったよ。義父も義母もきびしかったし、家事も内職もたいへんで……。楽しいことなんて、そんなになかった気がする。けど、ずっと暮らしてきた家だからね。毎日掃除して、整えてきたからね」

息をつき、天井を見あげる。

「旅行なんてほとんど行かなかったし、わたしにはこの家しかなかった。好きとか、嫌いとかじゃなくて、ここがわたしの人生そのものっていうか……。それがなくなっちゃうのが怖かったのかもしれないねえ」

「そうだよね」

母がうなずいた。

「それになんだか、義父や義母や夫にも申し訳ない気がして……。この組子障子、義父にとっては自慢だったんだよ。くわしいことは知らないけど、むかしだれかに特別に作ってもらったものだとか……」

「母さん、大丈夫？　あたらしい家のこと……」

叔母が祖母の顔をのぞきこむ。

祖母は大きく息を吸ってから、うん、とうなずいた。

「ほんとに？」

「うん。このカードを見てたら、なんか大丈夫な気がしてきた」

え……？　どうして？　思わず祖母の顔を見た。

「こうやって、孫の心にも残ってる、って思ったらね。家が取り壊されても、すべてが消えるわけじゃない。家の姿はみんなのなかに残る。それに、家族が生きていればそこが家なんだよ。あたらしい形に生まれ変わるだけ」

祖母がにっこり笑う。

「そうだね」

母も叔母《おば》も笑った。

7

夕食の席で、今日はずいぶん遊んじゃったね、とみんなで言った。叔母は明日《あした》東京に帰る。美術博物館を見に行くわたしたちに、いいなあ、でも仕事だからねえ、とうらやましそうに言って、床についた。

すぐに眠りに落ちたが、夜中、目が覚めた。母も叔母もよく寝ている。もう一度寝ようと目を閉じたが、なぜか眠れない。喉《のど》が渇いていることに気づき、起きあがって上着を羽織る。そうっと廊下に出て、台所に向かった。

水を飲んでから、となりの居間をのぞいた。みんなで水引で遊んだことを思い出し、電気をつける。座卓の上にみんなで作った水引がならんでいる。今日は四人だけだから、明日片づければいいね、と言って、出しっぱなしにしていたのだ。

座卓の前に座って、水引をひとつずつ手にとった。祖母たちの話を思い出しながら、水引を組子障子の前にかざす。

母も叔母もこの家で育ったんだな。いままでもお盆とお正月に何度もこの家に来ていたし、頭ではわかっていたことだった。だがなぜかいつもよりくっきりとそのことを感じた。

以前写真で見た、子どものころの母と叔母。まだ若い祖母。祖父と寛也伯父《おじ》さん。この居間で撮られたお正月の風景。

みんなここで育ったんだなあ。遥香ちゃんと崇兄さんも。祖母はこの家に嫁いできてからずっとこの家に住んで、子どもを育て、孫の面倒をみて……。自分の人生がすべてここに詰まってたんだ。

この家を建て替える。きっとさびしいんだろうなあ。あの組子障子もなくなってしまうのか。

——雪彦さんが訪ねてきてくれたときは、ちょうど雛祭《ひなまつ》りの時期で。この障子の前にお雛さまが飾られてた。

——ここにふたつ、お雛さまがならんでた。

母の言葉が耳の奥に響く。

障子の前にならんだお雛さま。きっときれいだったんだろうなあ。

そのとき、前に旅先で見たつるし雛が頭に浮かんだ。

つるし雛とは、縮緬《ちりめん》などの着物の布で作った小さな人形を紐《ひも》でつなげ、輪につるして飾ったものだ。雛壇飾りの代わりにしたり、雛壇の両側につるしたりするらしい。たしか、母や祖母といっしょに伊豆《いず》に行ったときに見たのだ。

つるされているのは、這《は》い子人形、犬、いちご、羽子板、はまぐり、ニワトリ、にんじん、花に唐辛子など。ひとつひとつ意味があり、子どもたちの長寿や健康を祈ったものだと聞いた。赤い紐でつながった人形たち。それが水引の梅結びに重なった。

この梅結び、紐でつなげたらつるし雛みたいになるかもしれない。

そう思ったら、いますぐつないでみたくなった。壁につるしておいたら、明日の朝起きてきた祖母たちはきっと驚くだろう。

居間の暖房をつける。裁縫道具がはいっている引き出しをあけ、つなぐための紐を探した。赤ではないが、生成りのちょうど良い紐があったので、それを使うことにした。

紐を一メートルくらいの長さに切り、一〇センチくらいずつ間隔をあけて、水引をひとつずつ糸で結びつけていく。一本の紐に水引十個。水引もだいぶあったので、三本できた。紐を持って垂らしてみるとなかなかきれいだ。

気がつくと、もう三時過ぎ。居間に来て二時間以上経っている。そろそろ寝ないと。

どうやってつるすか少し迷ったが、結局棚から一本ハンガーを取り出し、そこに結びつけ長押《なげし》にかけた。つるし雛ほど大きな飾りではないが、落ち着いていて慎《つつ》ましい。悪くない。そう思ったとたん、急に眠気が襲ってきた。部屋に戻って布団にはいると、秒で眠りに落ちた。

「百花」

だれかの声で目が覚めた。あかるい。母がふすまのところに立っている。

「なに？」

寝ぼけ眼で母を見た。

「居間のあれ……。百花が作ったの？」

母が訊《き》いてくる。

「居間のあれ？」

なんだっけ？

「水引の梅結びがつるし雛みたいに……」

「ああ……」

ようやく頭がはっきりして、思い出した。そうだった、夜中ひとりで水引をつなげてハンガーにつるしたんだった。

「そう……。夜中に目が覚めちゃって、それで……」

目をこすりながら起きあがる。パジャマのまま母について廊下を歩く。居間の方から祖母と叔母の声が聞こえた。

「ああ、百花。これ、百花が作ったの？」

叔母も訊いてきた。

「うん。夜中に目が覚めて……。お雛さまの話を思い出して、つい……」

見ると、つながった水引が朝の光を浴びている。

「きれいだねえ」

祖母の声がした。水引を見あげている。

たしかにきれいだった。昨日の夜は電気の光でつないでいたからわからなかったけど、こうして日の光で見ると、色がくっきりしてうつくしい。

「さすが、百花。こういうことができるから、記念館にやとわれたんだね」

「え、そう……かな？」

叔母が微笑んだ。

水引は祖母に教わって、四人で作ったものだ。

「わたしはただつないだだけだけど……」

「つなぐことを思いつくのがすごいんだよ」

祖母がわたしを見た。

「言われればだれだってできることでも、最初に思いつくかどうかなんだよね」

叔母もうなずいた。

「そうかな」

寝起きだしぴんと来なかったけれど、つながって垂れさがった梅結びはとてもきれいだった。

「でも、これ、障子の前につるしたらきっともっときれいじゃない？」

叔母がきらきらした声で言う。

「それに、ハンガーじゃ風情がないから、なにか棒があった方がいいかも」

そう言って、あたりを見まわした。

「棒？　箸《はし》じゃダメだよね？」

祖母が訊く。

「箸じゃ短すぎるなあ。細い棒。竹とか……。長さは……このくらい？」

叔母は両手で長さを示す。

「ああ、そんなのなら物置にあったかも……」

祖母は廊下に出ていき、しばらくして戻ってきた。

「これくらいでいいかな？」

なにに使ったものかわからないが、五〇センチくらいの細い棒だ。

「ああ、これこれ。まさにこういうの」

叔母が満足そうに受け取る。

「で、紐をここに結びつけて……」

水引をつるしたハンガーをおろし、棒の方に移し替えていく。棒の端に壁にかけるための紐もとりつけ、椅子にのって障子の上の壁からつるした。

「きれいだわあ」

横で見ていた母がぱちぱちと手を叩《たた》く。障子からの光を浴びて、水引がますますうつくしく見える。

「写真、撮ろうっと」

叔母《おば》がスマホをかまえた。

わたしも撮ろう。スマホを取りに部屋に戻る。写真撮ったら、莉子と藤崎さんに送ろう。ここの組子障子はカードのモデルでもあるし、藤崎さんにも見せておきたかった。

居間に戻ると、叔母だけでなく、母も祖母も写真を撮っていた。

「これ、兄さんたちが帰ってくるまで飾っておこうよ」

「そうだねえ、せっかくだし。遥香にも見せたいしねえ」

障子と水引がきれいに見える角度を探す。構図を考えながら写真を撮り、莉子と藤崎さんに送った。

朝食を終えると、寝不足のせいかまた眠くなってきた。部屋に戻り、横たわる。そのまま二度寝していた。

昼食後、叔母はひとりで東京に戻っていき、夕方には伯父の一家が戻ってきた。遥香ちゃんが居間の水引を見つけ、目を丸くした。

「なにこれ、かわいい。百花ちゃんが作ったの？」

「つなげたのはわたしだけど、水引はみんなで作ったんだよ。おばあちゃんとお母さんと、紫乃叔母さんと」

「へえ。楽しそう……」

遥香ちゃんがうらやましそうに水引を見あげた。

「どうしたの？」

多津子伯母《おば》さんが居間にはいってくる。

「まあ、これは……。水引……」

驚いたように言って、わたしを見た。

「四人で作ったんだって。おばあちゃんと冬海叔母さんと紫乃叔母さんと百花ちゃんで」

遥香ちゃんが説明する。

「つるし雛《びな》……でしたっけ？　前にテレビで見ました。雛飾りで、こうやって人形をつるすのがあるって」

多津子伯母さんがわたしたちに訊いてきた。

「ええ、そうなんです。それをイメージしてつなげてみたんです。昨日みんなで水引を結んでいたとき、この障子の前に雛人形を飾ってた、っていう話が出て、それで……」

「ああ、雛人形……。そうでしたね。前は毎年このあたりに飾ってました」

多津子伯母さんがうなずいた。

「今年は雛人形、出そうよ。この家ももう最後になるんだし、最後にこの障子の前に飾ってあげたい」

遥香ちゃんが言った。

「え、ええ、そうね……。そういえばずっと出してなかったもんね」

多津子伯母さんは戸惑ったような顔になる。

「この飾りもこのまま飾っておこうよ。きれいだし……」

遥香ちゃんが水引の糸を揺らす。

「そうそう、遥香にも見せようと思ってたんだ。これ、百花がお仕事で作ったカード。この障子をモデルにしたんだって」

祖母が棚の上に飾ってあった組子障子のカードを手に取り、遥香ちゃんに手渡した。

「すごい。これを百花ちゃんが？」

「いや、作ったのはわたしじゃないんだけど……。アイディアを出しただけで……」

もごもごと答える。でも、紫乃叔母さんがいないから、だれも助け舟を出してくれない。記念館での仕事の内容をかいつまんで説明した。

「この障子、子どものころから好きだったんだ。最初に和紙でなにか作ろうと思ったとき、いちばんにこの障子のことが頭に浮かんで……」

「そうなんだ。わたしは毎日見てるから慣れちゃってたけど……。そうだよね、組子の障子、めずらしいよね」

遥香ちゃんが言うと、多津子伯母さんが障子をじっと見た。

「なんだ、なにかあったのか？」

寛也伯父《おじ》さんと崇兄さんも居間にはいってきた。

「へえ、水引……。もしかして百花ちゃんが？」

崇兄さんがこっちを見る。

「ほう、水引をこんなふうに……。なかなかおしゃれじゃないか」

寛也伯父さんも水引の前にやってきた。遥香ちゃんがこれまでのことを説明し、組子障子のカードも見せている。

「それでね、今年はちゃんとお雛さま出そうって話になったの。この家も最後だし、お雛さまも家とお別れしたいんじゃないか、と思って」

遥香ちゃんが言った。

「そうだなあ、遥香の大学受験の年からかな。それどころじゃないって言って……」

「出すの大変だからなあ。けど、いいんじゃない？　今年は出そうよ。俺も手伝う」

寛也伯父さんと崇兄さんが口々に言った。

「ちょっとさびしいな」

急に、寛也伯父さんがつぶやいた。

「最後かと思うと……。ずっとこの家で暮らしてきたから……」

部屋のなかをぐるりと見まわした。

「ここで育って、大学時代をのぞけばずっと暮らしてきた家だ」

「そうだね」

遥香ちゃんもうなずく。

「お前たちのことも、ここで育てた。いろいろあったよなあ」

寛也伯父さんがふたりの子ども時代のことを語りはじめた。崇兄さんも遥香ちゃんも自分たちの思い出話をはじめ、盛りあがっている。

祖母が障子のそばをそっと離れるのが見えた。多津子伯母さんもその場を離れ、祖母の近くに行った。

「あの……」

多津子伯母さんが祖母に小声で話しかけているのが聞こえてくる。

「すみません、建て替えのこと……。勝手にどんどん進めてしまって……」

口ごもりながら小声で言った。遥香ちゃんたちは気づいていないみたいだ。

「いいんだよ、そんな……」

祖母が目を丸くして多津子伯母さんを見た。

「わたしだって冬の寒さはこたえるし」

「でも、住み慣れた家ですし、思い出も……」

多津子伯母さんが口ごもった。

「だけどこのままじゃ、崇や遥香にとっても不便でしょう。住みやすい家にしておけば、どちらかが継いでくれるかもしれない」

祖母がそう言うと、多津子伯母さんははっとした顔になった。

「え、いいえ、そういうことでは……」

なにか言いかけて、止まった。

「いいえ、やっぱりそういうことかもしれません。子どもを育ててあげることがわたしの仕事。それが終わってしまうのが怖かったのかもしれない。崇の職場は近いけど、結婚したら家を出て行くかもしれない。遥香だって公立学校だから遠くに異動になるかもしれないし、結婚したら出ていってしまう……」

「そうだねえ」

「遥香が東京の大学に行きたい、って言ったときも反対してしまった。人形劇関係の仕事をしたいって言ったときも。夢を追うなんて不安定な生き方だと思ったし、心配だった。でもほんとは、自分の手元から離れていってしまうのが不安だっただけかも……」

「多津子さんは立派ですよ」

祖母が言った。多津子伯母さんがはっとしたような顔になる。

「いいえ、いいえ。わたしは全然……」

「崇も遥香もちゃんと大人になった。多津子さんはじゅうぶんがんばりました。でも、子どもたちが遠くへ行くときは、それを受け入れてやるのも親の仕事だなあ、って思いますよ」

「そうですね」

多津子伯母さんがうなずく。

「さびしいよねえ、長く生きるって」

祖母が笑った。

「だんだんひとりになっていく。はじまったものはいつか終わる。けどそれは、はじまらなかったのとはちがうんだよね。終わったものも胸のなかでは生きてる。おじいちゃんも、この家も」

祖母が障子の方を見る。寛也伯父さん、崇兄さん、遥香ちゃん。みんな楽しそうに話している。

「古いものにばっかりしがみついててもしょうがない。百花にスマホの使い方教えてもらったんですよ。すごいねえ、遠くにいてもいっしょにいるみたい。あたらしいものを試すって大事だね。それに面白い」

祖母の声はあかるく、多津子伯母さんはぽかんと祖母を見た。

「建て替え、いいじゃない。わたしももうひとがんばりしますよ」

「ありがとうございます」

多津子伯母さんは祖母をじっと見て、頭をさげた。

8

夕食のあと、スマホを見ると莉子と藤崎さんから返信がきていた。莉子はせっかくだからSNSにあげた方がいい、と言う。祖母に話して、祖母のアカウントから投稿すると、早速拡散してくれた。祖母のフォロワーもまた少し増えた。

そして藤崎さんは……。

あけましておめでとう。年賀状も送ったが、飯田にいるならまだ見ていないか。ともあれ、今年もよろしく。

水引の写真も見た。なかなかすばらしい。あれをもう少しきちんとできないかな。商品にできるかはともかく、展示だけでもしてみたい。時期的には立春のあとすぐがいいと思う。

ではまた記念館で。

　早速仕事の話である。そして例によってのダメ出し。いかにもすぎて苦笑するしかない。でもそれは藤崎さんが意欲を感じているということで、めでたいのかもしれない。

　その話をすると、遥香ちゃんが、じゃあこれからもうひとつ作ろう、と言った。

「ええっ？」

「わたしも作ってみたかったし。どうせなら水引の色も考えて、ちゃんと作ろうよ。つるすのも、赤い人五《じんご》紐《ひも》の方がよくない？」

　遥香ちゃんが言った。

「人五紐？」

「つるし雛とかストラップとかに使う細い紐だよ。人形や小道具作るときによく使うんだ。もうスーパーの手芸用品店もあいてると思うし、明日《あした》は出勤だけど、帰りに寄って買ってくるよ。棒ももっとちゃんとしたのがあると思う」

　遥香ちゃんは人形作りの経験が豊富だから、手芸にはくわしいみたいだ。完成度をあげるため、水引の配色の計画も練った。

　翌日、寛也伯父さんや遥香ちゃんたちが出勤してから、祖母と水引を結びはじめた。遥香ちゃんと立てた計画にしたがって梅結びを作る。使う色は白、赤、ピンクの三色。大きさは五本のもの、四本のもの、三本のものの三種類。さらに祖母のアイディアであわじ玉も入れることになった。これはわたしには作れないから祖母の担当だ。

　昼食のあと、多津子伯母《おば》さんと母も様子を見にやってきた。

「ずいぶんたまったわねえ」

　母が感心したように言う。

「わたしも手伝おうかな」

「うわ、助かる。お願い」

　遥香ちゃんは、今回は紐を五本にしよう、と言っていた。手芸用品店ではそのつもりで棒を探す、と。だとすると前回より水引結びもたくさん必要になる。わたしも少しは早くできるようになったが、人手は多い方がよかった。

「多津子さんもどうですか？」

　母が多津子伯母さんを誘う。

「え、わたしはこういうのは……」

　多津子伯母さんは後ずさり、手を横に振った。

「大丈夫ですよ、百花も紫乃も今回はじめてだけど、だいぶうまくなりましたから」

「それはふたりとも器用だから……。うまくできないとご迷惑をかけますし……」

　多津子伯母さんはまた首を横に振る。

「じゃあ、見てるだけでもいいんじゃない」

　手を動かしたまま、祖母が言った。

「それなら……」

「そうですよ、そうしましょう」

母が腰をおろすと、多津子伯母さんもとなりに座った。

遥香ちゃんの計画を説明し、母には三本のものをお願いすることにした。さっそく水引を手に取り、結びはじめる。三本のものはこの前たくさん作ったから慣れていて、かなり早い。

「へえ、そうやって結ぶんですね……」

多津子伯母さんが母の手元をのぞきこんで言った。

「やってみますか？」

母が訊《き》く。

「いえ、わたしは……」

「じゃあ、試しにひとつだけ」

「そうですね」

多津子伯母さんもようやく水引を手に取った。母が結び方を教えると、ひとつひとつうなずきながら慎重に手を動かしていく。最初は一本、次に二本。そして三本。小さな梅結びが座卓にならんだ。

「きれいきれい。多津子さんはきっちりしてるし、きっと上達早いよ」

祖母が笑った。

「そうですか？　案外簡単ですね。これならできるかも……」

多津子伯母さんはほっとしたような顔になる。

「じゃあ、三本のをいっしょにお願いします」

母が言うと、にこやかにうなずいた。

それから四人で黙々と梅結びを作った。多津子伯母さんが三本、母が四本、わたしが五本。それに祖母があわじ玉を作る。

途中三時に休憩を取り、いろいろな話をした。多津子伯母さんの話も聞いた。実家が温泉旅館だという話は知っていたが、四人きょうだいの三番目だということははじめて聞いた。女、女、女、男の四人きょうだい。

長女が女将《おかみ》となり、次女は見合いで同じ町の他家に嫁いだ。旅館の経営は四番目にあたる長男が継いだ。多津子伯母さんは役所で働いているときに寛也伯父さんと知り合って結婚し、この家にやってきたらしい。

「多津子さんはね、高校では学級委員をつとめるくらい優秀だったんだって」

祖母が言った。

「そんなことは……。みんながやらないから、仕方がなく引き受けてただけで」

多津子伯母さんは複雑な表情になる。

「でも成績もすごくよかった、って……」

「田舎の学校ですから。でも、もっと勉強はしたかった。大学も行きたかったし……。でも三女だから行かせてもらえなかった。行けたのは長女と長男だけ。自分の方が成績がいいのに、ってけっこう悔しくて……」

多津子伯母さんの生い立ちの話を聞くのははじめてだった。勉強したいのに大学に行けなかった。母も紫乃叔母《おば》さんも東京の大学を出ている。いままであたりまえのように思っていたけど、きっとそんなにふつうのことじゃなかったんだな、と思った。

「もし大学に行けたら……。学校の先生になりたかったんですよね」

多津子伯母さんが息をつく。

そういえば、遥香ちゃんが言ってた。崇兄さんのときも遥香ちゃんのときも、多津子伯母さんはＰＴＡ役員まで務めていた、って。それも学校にかかわりたかったからなのかもしれない。

「でも、崇と遥香を育ててるうちに、むいてなかったかも、と思いました。きびしいだけの先生になってたんじゃないかな、って」

多津子伯母さんが苦笑する。

「多津子さんはよくやってますよ」

祖母がふんわりと言った。母も深くうなずく。遥香ちゃんはいろいろ考えて学校の先生になる道を選んだ。多津子伯母さんの夢のこと、知ってたのかなあ、と思った。

夜、寛也伯父《おじ》さんといっしょに遥香ちゃんが帰ってきた。手芸用品店に寄って、材料を買ってきてくれた。つるし飾り用のキットもあったらしく、まっすぐな棒に赤い人五紐。座卓にならんだ梅結びを見て、これだけあればできそうだね、と満足そうだった。

崇兄さんが帰ってきてから夕食。片づけたあと、水引を紐でつないだ。水引の色をそろえて赤い紐を使ったせいか、前回より格段に見栄えがいい。寛也伯父さんと崇兄さんも、ずいぶん本格的になったなあ、と感心していた。

遥香ちゃんは、うちに飾る方も紐を取り替えて、もう少し水引を増やそう、と言って張り切っている。祖母も、雛祭《ひなまつ》りまではまだ時間もあるし、多津子さんも結べるようになったからね、と笑っていた。

翌日はそのまま東京に帰る予定で、荷物をまとめて家を出た。多津子伯母さんに美術博物館まで車で送ってもらった。

美術博物館を見たあと、付属施設である柳田國男《やなぎたくにお》館に行った。このあたりは高台で、かつて飯田城が建っていた場所だ。柳田國男館のあたりは本丸があった場所らしい。

日本民俗学の創始者である柳田國男は兵庫県の生まれだが、旧飯田藩士・柳田家の養嗣子となり、養父柳田直平《なおひら》の四女孝と結婚している。その縁で、東京の世田谷《せたがや》区成城《せいじょう》にあった「喜談書屋《きたんしょおく》」をここに移築したらしい。

白い壁に瓦《かわら》の屋根。ヨーロッパの古い家のような建物だ。

「お父さんは、ここが好きだったのよね」

正面に立つと、母がそう言った。

「来たことあるの？」

「うん。最初にいっしょに飯田の家に来たとき、ここに寄ったの。そのときすごく気に入って、飯田に来るたびにここに来ていた。百花もいっしょに来たことあるんだよ」

「そうだったんだ。覚えてない……」

「まあ、まだ小さかったからね」

父は母と結婚する半年前、はじめて飯田を訪れた。そのときふたりで飯田の町をめぐり、元善光寺《もとぜんこうじ》や美術博物館、柳田國男館を訪れたのだそうだ。父はここが気に入って、ずいぶん長いことこの建物のなかで過ごしたらしい。

「なんとなく、お父さんを思い出す気がして、ずっと来てなかったんだよね」

そう言いながら、入口に近づく。木の扉をあけ、靴を脱いで、なかにあがった。

「素敵な建物だね」

「イングリッシュ・コッテージの木骨《もっこつ》様式っていうんだって」

なかの展示をながめながら母が言った。

右奥には大きな書斎があった。広さおよそ二十三坪というその書斎の壁面はすべて本棚で埋まり、古い書物がぎっしり詰まっていた。真ん中に四本の柱があり、かつてその内側が「民俗学の土俵」と呼ばれていた、と説明に書かれていた。

当時の写真も飾られていて、ここに民俗学に従事した人々が集っていたときの熱気が伝わって来る。古い本に囲まれていると、当時の人々はもうだれもいないけれど、土俵はまだ命を持っているように思えた。

「お父さんはね、飯田の家に来たとき、冬海はここで育ったんだね、って言ったんだ」

母がつぶやくように言った。

「ひとりの人間として、家族に愛されて、大人になったんだね、って」

「ひとりの人間として……？」

「変な言いまわしでしょう？　その前に、お父さん、こんなことを話してたの。若いころ、僕はずっと自分だけが人間だと思っていた気がする。まわりの人の存在がよくわからなかった。あるときひとりずつが自分と同じ内面を持っていると気づいて、怖くなった。だれかに助けを求められて、その手を握ることさえためらった」

「どうして？」

「ここでこの手を握ってしまったら、ずっと離せなくなるかもしれない。その覚悟があるのか、自信が持てなかったんだ。ずっとひとりの人間を丸ごと背負うことになるかもしれないんだから、って」

母はくすっと笑った。

「だって僕は手が二本しかないだろう？　たとえばだれかが崖《がけ》から落ちそうになったとして、助けるためには僕もそのうち一本でどこかにつかまらなくちゃいけない。そしたらあと一本しかない。ひとりしか助けられない。究極的にはそういうこと、だって」

「お父さんは真面目な人だったんだね」

「そうだね。自分だけ助かるのはたやすい。ふたりとも死ぬのもたやすい。自分が死ぬことでだれかを助ける、となると、成功するかわからない。でもいちばんむずかしいのはふたりとも生き残ること。そんなことも言ってたっけ」

母が息をつく。館内にはほかに客はなく、書斎はひっそりとしていた。

「でも、あるとき思ったんだって。だれも背負わない人生はさびしい。でも背負うとしたらひとりがぎりぎりだ。だから、結婚は一対一なんだ、なにがあっても助けようと思える人を選ぶのが結婚なんだって。そのときなぜか水引のことを思い出したのよね。むかし母から聞いた『結』の話」

「あ、その話、わたしもおばあちゃんから聞いた。だれかが助けを求めたら、自分のことを置いてもその人を助ける。それが『結』だ、って」

「そう」

母がうなずいた。

「そのとき思ったの。たしかにふたりっきりで崖っぷちでピンチになったらそうだけど、そんなこと、ほとんどないでしょう？　世の中にはほかにも人がいるんだから、だれかが助けてくれるかもしれない。それにわたしにも二本手があるから、お父さんがだれかを助けているとき、わたしがもうひとり助けられるかもしれない」

「そう……だね」

「お父さんにそう言ったら、なるほど、って言って……。それでさっきの言葉になった。『ひとりの人間として、家族に愛されて、大人になったんだね』って」

水引の、「結」のおかげだ。母がそういう人だったから、父は母と結婚したんだろう。だからいまここにわたしがいる。

だけど、崖っぷちで助けられるのはひとりが限界、というのも少しわかる気がする。なにがあっても助けようと思える人を選ぶのが結婚なのかな。いつかわたしにもそういう人が現れるんだろうか。ずいぶん遠い話のような気もするけど。

「そろそろ時間だよ」

母が言った。外に出ると夕焼けだった。美術博物館の方に歩き出す。

幼いころ三人でならんで歩いたことを思い出した。真んなかにいるわたしの両手を、父と母が握ってくれた。ぶらさがると、ぶらんこみたいに揺らしてくれた。

母とふたり、歩きながら、あのときのふたつの手のひらの感触を思い出していた。

第二話　水引の雛飾り

1

飯田から帰った翌日、水引のつるし飾りを持って記念館に向かった。

「これがあの水引飾りか。写真のものより一段と良くなった」

藤崎さんは感心したようにじっと見入っている。

「ありがとうございます。飯田の祖母に教わって、みんなで作ったので……」

最初は無理と言っていた多津子伯母《おば》さんも、すっかり水引結びにはまって、いまも梅結びを作り足しているらしい。置いてきた方のつるし飾りもいったん分解し、赤い紐《ひも》でつなぎ、遥香ちゃんがネットで購入したつるし雛用の輪にさげる予定なのだそうだ。

そういえば、いっしょに水引結びをしたおかげで、これまで苦手だった多津子伯母さんとも少し打ち解けられたような……。学校の先生になりたかった、という話も初耳で、なぜか急に親しみがわいた。

「これ、記念館に飾りませんか？」

藤崎さんが言った。

「いいんですか？」

「うん。写真で見たとき、いいな、と思ったんだ。あのときはまだつるし飾りの部品がしっかりしてなかったから、いったん引き取ってつなぎ直した方がいいと思っていたけど、これならこのままでもじゅうぶん飾れる」

「ありがとうございます」

うれしかった。このことを伝えたら、祖母も多津子伯母さんも遥香ちゃんもきっと喜んでくれる。

「そういえば、祖母のＳＮＳ、記念館のアカウントからフォローしていただいたんですが……」

「ああ、僕がしたんだ。あのあとも楽しみに見てるよ」

「ありがとうございます」

祖母はだんだん写真の撮り方にも慣れ、毎日水引や家のなかの写真をアップしている。襖《ふすま》や障子、磨《す》りガラス。天井、欄間、床の間。あらためて写真で見ると、うつくしいなあ、と思った。古い建物が好きなフォロワーも増えてきているみたいだ。

「それにしても、吉野さんのお祖母《ばあ》さまが水引の内職をされてたとは。吉野さんの手作業のセンスはお祖母さまゆずりだったのかもしれないね」

藤崎さんは水引を見た。

「祖母は、自分たちは内職で、決められた形を速く正確に作るのが仕事だった、って言ってましたけど……。でも、趣味で水引の結び方をいろいろ考えてたみたいなので、わたしにもその血が流れてるのかもしれません」

　手作業には熟練が必要だ。同じ作業を何度もくりかえすことで、速さと正確さが生まれる。熟練することではじめて素材を自由に操ることができるようになる。祖母と水引を結びながらそう感じた。

「祖母が水引の仕事をしていたのは聞いたことがありましたが、これまで水引が和紙でできてることもよくわかっていなかったんです。記念館の仕事で和紙に興味を持ったおかげで、水引にも興味が出て……。そういえば、飯田でもむかしは紙漉《かみす》きが行われていたらしいんです」

「久堅だろう？」

「あ、そうです」

　さすが藤崎さん。知っていたのか。

「まあ、むかしは、人が暮らしを営んでいるところの周辺にはたいてい紙を作っているところがあったんだよなあ。日本のあちこちで、原料になる植物を育て、収穫し、紙を作り、さらにいろいろな形に加工して……」

「暮らしに欠かせないものだったんですね。伯父《おじ》が市役所の文化財関係の仕事をしているので、いろいろ聞きました。飯田のあたりにも楮《こうぞ》が取れるところがあって、それを使って紙漉きして、それを養蚕に使ったり、元結や傘を作ったり……。江戸時代にもそういうネットワークがあったんですね」

　いま機械で行われていることが、むかしは人の手で行われていた。信じられないような精巧さで。なぜだろう、そういうことを知るたびに感動する。人の手の力の素晴らしさ。いまの機械だって、その技術の蓄積によって生まれたものだ。

「飯田の元結の技術には、美濃の紙漉き職人が関係している、とも」

　寛也伯父さんから聞いたことを思い出して言った。

「桜井文七だね。美濃から飯田に流れてきた紙漉き職人だって言われてる。引っ張っても切れない紙紐を作って、成功した、って」

「髪を結っても切れないって、すごいですよね」

　美術博物館で見た元結を思い出した。白と黒の二色の元結がガラスのケースに展示されていた。

「和紙だからこそだよね。洋紙ではそういう強靭《きょうじん》さは生まれない」

　和紙では植物の長い繊維が使われる。それが網のようにからまりあっているから、薄くて破れにくい紙になる。透けて繊維が見えるほど薄い。だが破れない。美濃市の紙漉きでもそのことがよくわかった。

「文七元結は落語にもなってるよね」

「そうなんですか？」

「うん。三遊亭圓朝《さんゆうていえんちょう》の作品で、長くてむずかしいので有名な演目だ。『人情噺《にんじょうばなし》文七元《ぶんしちもっ》結《とい》』という題で歌舞伎にもなってる。いまの人には馴染《なじ》みがないけど、江戸時代には元結は身だしなみに必須《ひっす》の道具だったんだろう」

　紙はほんとうにいろいろなことに使われていたんだ、と思う。文字を書くだけじゃなく、障子や襖《ふすま》にもなり、髪も結い、傘にもなる。

「飯田、というか、伊那《いな》かな。あのあたりもおもしろい土地だよね。いつか行ってみたいなあ」

　藤崎さんが言った。

「そうなんです。実は、わたしも今回はじめてそう思いました。これまでは母の実家っていうイメージしかなくて。むかしから伝統芸能やお祭りもさかんだったそうで、いまでも霜月《しもつき》祭りっていう有名なお祭りがあるんです」

「湯立てをして面をつけて舞うお祭りだね。映像で見たことがある」

　美術博物館の歴史、民俗の部屋には霜月祭りに関する展示もあった。飯田のまわりのあちこちの集落で年末に行われる祭りで、飯田の町なかで何度かポスターを見かけた。夜に大きな釜《かま》でお湯を立て、舞を行う。

　飯田は不思議な場所なんだな、と思う。東西の人々が行き交う交通の要衝。祭りや芸能が盛んで、芝居小屋や人形浄瑠璃《じょうるり》が栄えた。そうした民俗、文化がいまも生きている。人々のなかに力強く燃え盛るような炎が息づいている。

「お祭りの場所は市街地から遠いんですが、いつか行ってみたいなあ、って思いました。

展示では天井から紙垂《しで》のような紙の飾りがたくさんぶらさがっていて、いろんな形があったんです。これも紙なんだ、紙はこんなふうに神聖な場所でも使われるんだ、って」

「それは見てみたいねえ」

藤崎さんがうなずく。

「水引の飾り、雛飾《ひなかざ》りの雰囲気だから、飾るのは立春からかな。入口の物販のコーナーあたりがいいね」

「はい。いいと思います」

物販コーナーのうしろにかければ、記念館にやってきた人はまずこの飾りを目にすることになる。どんな反応がくるか、ちょっとどきどきした。

「それまでは記念館のとなりの部屋にかけておこうか。あそこならだれも使わないし」

夏にはじめてその存在を知った部屋だ。記念館の奥にあるふだん閉鎖されている扉の向こうにあり、むかしはそこで教室を開いたりしていたらしい。

「わかりました。じゃあ、そちらにかけてきますね」

飾りを持って館長室を出た。

2

週末、記念館を閉じたあと、「文字箱」の綿貫さんがやってきた。

「物語ペーパー」が好評で、年末に知り合いの個人古書店の人たちと集まったとき、自分の区の物語ペーパーを作りたい、と言う人が何人かいたらしい。

ひとりは杉並《すぎなみ》区の西荻窪《にしおぎくぼ》で二十年ほど前から「夜光《やこう》」という古書店を営む上川《かみかわ》さん。そして、神田神保町《かんだじんぼうちょう》で老舗《しにせ》古書店「フクロウ書房」の店長をつとめる松本《まつもと》さん。ふたりとも母より少し若い世代で、若いころに父の本を読んだことがあり、文字箱で物語ペーパーを見て衝撃を受けた、と言っていたそうだ。

さらに、台東《たいとう》区蔵前《くらまえ》で「書肆《しょし》モルン」という書店をはじめたばかりの小久保《こくぼ》さん。上川さんと松本さんの話を聞いてはじめて『東京散歩』を読み、自分の区の物語ペーパーを作ってみたい、と発案した。

各話からその区の風景が描写された部分を抜粋し、その区の物語ペーパーを作る。小久保さんのアイディアを聞いて、上川さんと松本さんも、自分の区の分を作りたい、ということになったらしい。

「小久保さんは僕と同世代の男性で、これまで小さな出版社で働いていたんだけど、その出版社が自社の本を中心に自主流通本やリトルプレスを扱う小さな書店を作ることになって、その店をまかされたらしい」

綿貫さんが言った。

「自主流通本やリトルプレス……」

まさに小冊子研究会の興味の対象ではないか。そんな書店があるなら、みんなを誘って行ってみたい。

「そうそう、吉野さんの大学の小冊子研究会の冊子も渡してみたんだ。けっこう関心を持ってくれてたよ」

綿貫さんがにこっと笑う。

「ほんとですか？」

思わず身を乗り出す。

わたしが所属している小冊子研究会は、リトルプレスやzineを研究するという名目で活動するゆるい弱小サークルだが、毎年大学祭には本腰を入れて冊子を制作する。去年の大学祭の冊子は日本橋特集だったので、綿貫さんにも一冊渡してあったのだ。

「うん。書肆モルンでは大学サークルの作った雑誌も扱ってるみたいだし、一度話してみるといいかもしれない。すごくたくさん売れるわけじゃないだろうけど、大学以外の場所においてもらうのもいい経験だと思うし」

「ありがとうございます。訊いてみます」

「ともかく、小久保さんは物語ペーパーに対してすごく意欲的なんだよ。小久保さんの店の母体にあたる小出版社の社長も吉野雪彦ファンだったみたいで、ぜひ台東区版の物語ペーパーを作りたい、って」

「あの章にはむかしの浅草《あさくさ》が描かれてるからね。歓楽街だったころの浅草。戦後の復興期のにぎわいが目に浮かぶようで、すごく心引かれたなあ」

藤崎さんがつぶやくように言う。

台東区の章には浅草のあたりが描かれている。浅草東宝《とうほう》会館に楽天地《らくてんち》浅草ボウル。遊園地の浅草花やしき。記憶のなかの公園六区の様子が記されているが、父が『東京散歩』を書いた一九九〇年代にはすでにほとんどなくなってしまっていたようだ。

「小久保さん、ほかの区の書店にも声をかけてるみたいで……」

「え、ほんとですか？」

「そうそう。『東京散歩』を知らない世代にも広めたい、って。いつかすべての章の物語ペーパーを作って、二十三区物語ペーパーセットが作れたら、なんて言ってたよ」

綿貫さんが笑う。なんだか信じられない話だった。父の本はどれも版元では絶版で、古書でしか手にはいらない。いまになってこんな形で陽があたるとは……。

「それで、百花さんのお母さんの了承を取りたいと思って。大丈夫かな」

「大丈夫だと思います。きっと喜びます。帰ってから訊《き》いてみますね」

答えてから、これも芽吹き守のおかげかな、と思った。

芽吹き守とは、物語ペーパーを思いつく前に、コレド室町《むろまち》近くにある福徳《ふくとく》神社で授かったお守りである。「クヌギの皮付き鳥居に若芽が萌《も》え出た」という故事にちなみ、「事始め、能力開花、健康祈願」にご利益があるとされていた。

物語ペーパーを思いついたのも、企画が通ったのも、この芽吹き守のおかげという気がしていた。あとで福徳神社にもお礼に行かなくちゃ。

母にメールするとすぐに了解が取れ、一度母を招いて物語ペーパーを作る書店と顔合わせをすることになった。みんなの予定をすり合わせ、次の土曜の午後三時からと決まった。

「打ち合わせの場所、うちのとなりの部屋を使うのはどうかな、と思うんですが」

藤崎さんが提案する。

「となりの部屋？」

綿貫さんが首をひねる。

「実はあるんです、隠し部屋が」

わたしは笑ってそう答え、綿貫さんを案内した。扉の前に置かれたラックを横にずらし、扉を開ける。

「へえ、ここにこんな部屋があったんだ」

なかを見た綿貫さんが驚きの声をあげた。

「そうなんです。わたしも最初は気づかなかったんですけど」

「ほかの人は来ないですし、外のお店を使うよりずっと落ち着くと思います」

藤崎さんが言った。

「いいね。文字箱のバックヤードは狭いし、どうしようかと思っていたんだ。ここなら大きな机もあるし、会議にはぴったりだ」

「むかしはここで教室を開いたりしていたんですよ」

「なるほど、レクチャールームってことか」

綿貫さんが部屋のなかを見まわす。レクチャールーム。これまで呼び名がなく、藤崎さんと話すときも「となりの部屋」とか「もうひとつの部屋」と呼んでいたけど、人を案内するときもレクチャールームの方が通りが良さそうだ。

「そしたら水曜日、しっかり掃除しておきます」

ずっと使っていないから埃《ほこり》はたまっているだろうが、ものはそんなにない。閉館後に掃除すれば、六時くらいには終わるはず。

「ほかの来館者もいる時間帯だし、扉の前のラックもほかに移動した方がいいね」

藤崎さんが言った。たしかにお客さまを案内するのにいちいちラックを横にずらすのは格好が悪い。

「わかりました」

そういえば、母が記念館に来るのははじめてだし、土曜は少し早めにきてもらって展示を説明しよう、と思った。

土曜日、母といっしょに家を出た。顔合わせは三時からだが、母はその前にむかしの友人と待ち合わせてランチを兼ねて日本橋めぐりをするらしい。記念館の展示を見て、いったん外に出て、顔合わせに戻って来るという段取りだ。

記念館に到着して、まずは館長室に行って藤崎さんにあいさつした。

「いつも百花がお世話になってます」

母が深々とお辞儀する。組子障子のカードを発売した紙こもの市でちらっと顔を合わせているが、接客で忙しくてほとんど話せなかったから、初対面のようなものだ。

「いえ、こちらこそ。吉野さん、とても一生懸命仕事に取り組んでくれていて、感謝してます」

藤崎さんは少し緊張した顔で言った。

「今回の物語ペーパーの件も、ありがとうございます。夫の本を読んでくださっていたとか。また光をあてていただいて、なんとお礼を言ったらいいのか」

「とんでもないです。僕の祖母も吉野雪彦さんの大ファンで。僕もその影響で若いころに読みました。ほかにはない、しずかな力を感じる文章で……。いえ、なんと言ったらいいのか……とても……」

めずらしく口ごもっている。慎重に言葉を選んでいるのがわかる。なぜだろう、紙のことはあれだけ淀《よど》みなく話すのに……。

そうか、もしかして藤崎さんが緊張しているのは、母が父の配偶者だから？　そんなこと言ったらわたしだって父の娘なんだけどな。態度がちがいすぎないか？

「今回いっしょに物語ペーパーを企画している文字箱の綿貫さん、僕の大学時代の先輩なんですが、彼もむかしから吉野雪彦ファンだったんです。今日ここに来る夜光という古書店の上川さんやフクロウ書房の松本さんも……。ふたりとも僕たちより年上ですが、やはり学生時代に吉野雪彦作品に触れて感銘を受けたそうで……」

「ありがとうございます。多くの方が読んでくださっていたんですね。なんだかうれしいです」

　母が息をつき、微笑んだ。

「母は父の担当編集者でもあるので……」

　わたしは横から口をはさんだ。

「そうなんです。それに、実はわたしも夫のファンだったので。まだ新米だったころに夫の担当になると決まったときはすごくどきどきして……」

　母は笑った。

「緊張されたでしょうね」

「作家の先生方はみな個性的で、繊細な方も多いですから。人には見えないものが見える。だからこそ作家になるんでしょうが、実際にお目にかかるとすべて見透かされているような気がしたんですよ」

　母はくすくす笑う。

「当時こちらは二十代でしたし、年長の作家さんはみんな眼光鋭く見えましたから」

「吉野先生はどうだったのですか」

「はじめての打ち合わせの前日は、それはもう緊張して、考えるだけで心臓が胸から飛び出しそうでした。でも、会ってみたら……」

母の目尻《めじり》が少しさがり、きゅっと皺《しわ》が寄った。

「作品通りだったんです。おだやかな空気をまとっていて、前に座ったらなんだか急に安心してしまいました」

そうだったのか。以前、最初に父に会いに行く前は緊張のあまり毎日叔母《おば》に電話していた、と聞いたが、実際に会ったときの話は初耳だった。

「目は深い色をしていましたが、人の心をのぞきこんで心臓を鷲摑《わしづか》みにするというより、しずかな湖みたいにそこにある感じで。話してみると、子どもっぽいというか、無邪気なところもあったりで、不思議な人だなあ、って思いました」

母がこんなふうに父について語るのを見たのははじめてのような気がした。

「わたしが『先生の本は全部読んでます』って言ったら、信じられない、という顔をして、『それはありがとう』って。目上の作家からそんなことを言われるとは思っていなかったので、なんだかぼうっとしてしまって……」

「なるほど。吉野先生らしいですね」

「何度かもめたことはありましたよ。わたしも編集ですから、作品を売りたい、って意気ごんでましたし。それでつい作品の内容に立ち入ったことを言ってしまったり。怒りはしないけど、なんとなく雰囲気で、気分を害したな、ってわかる」

「そういうときはどうされたのですか？」

「最初はなにもできず、ただ固まってました。不機嫌になっているのはわかるけど、なぜなのかわからないんです。先輩に相談したら、それは君とは経験がちがうし、見えてるものもちがうんだよ、って言われて……。いま考えたらあたりまえのことですけどね。新米が思いつくようなことなんて、すでにだれかが提案してるに決まってますから」

母が笑った。なんだか耳が痛い。わたしも藤崎さんに対して生意気なことをいろいろ言っていた気がする。

「そうでしょうか。新人にしか見えないものもあると思いますが」

藤崎さんが言うと、母は少し驚いたような顔で藤崎さんを見た。

「夫にも同じことを言われました。自分より若い人は、わかりきったことももちろんたくさん言う。だけど、ときどきいいことも言う。わかりきったことを言ったときにそれを指摘すると、いいことも言わなくなってしまう。そうするとこっちが損をする。だからちょっとくらいかちんときても、できるだけなにも言わないようにしてる、って」

母が笑った。

「顔には出てましたけどね。でも、いま思い返してもそうだなあ、って思って。だからわたしもできるだけ年下の人に対してはそうするように努力してます」

「いいですねえ。吉野さんはそうやって育ったんだ」

藤崎さんが少し微笑んだ。

そうやって育った……。なんだか恥ずかしくて顔を伏せた。これまでのさまざまなご無礼、申し訳ありません、の気持ちでいっぱいだった。

それから記念館のなかを案内した。母も本好きだから、紙にはもともと興味があったのだろう。これまで和紙のことはあまり知らなかったようだが、紙漉《かみす》きの動画や道具を見せながら説明すると、感心したように聞いていた。

開館時間になっても、母はしばらく和紙の棚の前に立ち、ひとつずつゆっくりと引き出しを出して、なかの紙を見ていた。わたしはほかのお客さまの対応があるので、つきっきりで説明するわけにいかなかったが、母はじゅうぶん満足したみたいだった。

友人との待ち合わせ時間が近づいたところで、母がわたしのところにやってきた。

「そろそろ行くね」

「展示、どうだった?」

「面白かった。とくにあの引き出しの紙が……。薄いものだけど、ほんとにいろいろあるんだなあ、って」

「そうなんだよ。すごいよね」

「展示も充実してるし、広報をちゃんとしたら、お客さんもっと呼べるんじゃないかな。わたしも知り合いに宣伝しとくね。久住《くずみ》さんに教えたら喜びそう」

久住さんというのは、母と同じ会社に勤める編集者で、以前は母と同じ文芸の部署にいたが、ライフスタイル誌の編集部に異動になったらしい。カルチャー関係にくわしく、紙こもの市も取材したことがあるみたいだ。

「じゃあ、またあとで」

母はそう言って、記念館を出て行った。

三時少し前、綿貫さんとほかの書店さんたちがやってきた。

杉並区の夜光の上川さん、千代田《ちよだ》区フクロウ書房の松本さん、台東区書肆モルンの小久保さん、それに江東《こうとう》区「海岸ブックス」の天野《あまの》さん。天野さんは綿貫さんや小久保さんと同世代の女性で、小久保さんの誘いで『東京散歩』を読んで企画に加わることになったらしい。

母も外から戻り、記念館の奥の扉を開ける。

「おお、こんなところにこんな大きな部屋があったんですね。びっくりだ」

上川さんが声をあげた。

「隠し部屋みたいですね」

天野さんと小久保さんが笑った。

「これはなんですか？」

天野さんが壁にかけられた水引のつるし飾りをさす。

「水引なんですよ。うちの吉野が飯田で作ってきたもので……。雛《ひな》祭りの時期になったら記念館に飾る予定なんです」

藤崎さんが答えると、母も水引に気づき、笑みを浮かべた。

「へえ、水引……。こんな使い方もあるんですね。かわいい」

天野さんが顔をほころばせる。

「とりあえず、皆さんかけてください。吉野さんのお母さまはこちらに」

綿貫さんが母を自分のとなりに呼ぶ。母は軽くお辞儀をして、席についた。

「ほかの方は自由にかけていただいて……」

みな近くの椅子に座る。藤崎さんとわたしは扉の近くに立っていた。

「でははじめますね」

しばらくがやがやしていたが、綿貫さんの言葉でしんとした。最初は藤崎さんがあいさつと概要の説明を行うので、わたしは来館者の対応のため、外に出て扉を閉めた。なかから張りのある声が聞こえてくる。綿貫さんだ。母のことを紹介しているみたいだ。どんな話をしているのか気になるが、お客様が物販コーナーを見ているので、受付に戻った。

お客さまの質問に答え、会計をすませたとき、となりの部屋あらためレクチャールームから藤崎さんが出てきた。

「吉野さん、ここは僕が見ておくから、打ち合わせにはいってくれる？」

「え、もう、ですか？」

途中で具体的な話になったら交代、と聞いていたが、こんなに早いとは。

「うん。もう僕が説明すべきことは終わった。制作費や仕様はあらかじめまとめてデータで渡してあるし、文字箱のものと基本同じだから」

「そうなんですか」

「お母さんもいるし、吉野さんがなかにいた方がいいと思うんだ。それに、ほら、蠟引《ろうび》きのサンプルも、君から説明した方がいいと思うしね」

文字箱の物語ペーパーは生成りの紙に黒で印刷したものを蠟引きした。だが実は、ほかにもいくつか試作品がある。ほかのものを作るなら、紙やインキの色を変えても良いのではないか、と案を出し、資料として綿貫さんに渡してあったのだ。

「わかりました。ありがとうございます」

お辞儀をしてレクチャールームにはいると、上川さんの自己紹介の真っ最中だった。大学時代に父の本を読んで、感銘を受けたと話している。綿貫さんがこっち、と手招きした。目立たないように背中をかがめて母のとなりの席に座る。

「ほんとは卒業論文のテーマにしたかったんですよ。でも指導教授から存命の作家は避けるように言われて、泣く泣くあきらめたんです」

上川さんが言った。

「わたしは神保町でふつうの書店員だったころに読みました。そのころには吉野先生の本はもう新刊では手にはいらなくなってましたし、ほかにも自分の好きな作家がだんだん新刊書店で扱えなくなって、不満があったんですね。それで思い切って書店を辞めて、古書店で働くことにしたんです」

松本さんが言った。

「僕は失礼ながら、今回、文字箱で物語ペーパーを見るまでは吉野先生のお名前を存じあげなくて。でも、うちの社長からも、むかし読んで好きだった、という話を聞いて、根強いファンがいるんだなあ、と感じました。主人公の感覚にも惹《ひ》かれましたが、作中で描かれている風景が僕の知っている東京とはまったくちがっていて……そこもすごく魅力でした」

小久保さんが言った。

「そうですね。わたし自身、今回『東京散歩』を読み返してみて、どの区も『東京散歩』が書かれた頃とはだいぶ風景が変わっているなあ、と感じました」

母が答える。

「わたしの世代にとっては一九八〇年代、九〇年代なんて最近のこと、みたいな感覚があるんですが、若い人たちにとってはそうではないんですよね。あたりまえですけど」

父が『東京散歩』を書いたのは一九九〇年代半ば。だが、過去の記憶で書いている部分も多く、一九五〇年代から八〇年代の描写が中心だ。

「もしかして、小久保さん、天野さんは八〇年代にはまだ生まれてない？」

母が小久保さんたちを見る。

「僕は八七年生まれですが、八〇年代の記憶はほとんどないです。天野さんは？」

小久保さんが言った。

「わたしは八九年生まれです。ぎりぎり八〇年代生まれですけど」

天野さんが笑った。

「そうか、八〇年代を知らない世代か。はあ、おそろしい。俺も年を取ったんだなあ」

上川さんが苦笑いしながら首を横に振った。

「時間が経つと記憶が曖昧《あいまい》になって、あの建物がいつできた、とか、その前はなにがあった、とか、だんだんわからなくなってきて……」

「ほんと、忘れちゃうんですよね。毎日そこにいると余計に。うちは神保町なんです。古い建物も多いですけど、実はけっこう変わってるんですよね。久しぶりにいらしたお客さまの方がむかしの記憶が鮮明で、変わったなあ、ってびっくりされたり」

松本さんがうなずいた。

「物語ペーパーはご当地アイテムのような性格もあるので、娘と相談してむかしの町並みの描写がはいっているところを抜粋してみました。江東区についてはまだ選べていないのですが」

母が資料に目を落とす。「屋上の夜」もそうだったが、できるだけ町の描写の多いところを選んだのだ。

わたしにとっては行ったことのない土地も多かった。本を読んで思い描いた風景はあるが、それがいまはもう存在しないと思うと、なんだか不思議な気がした。

「皆さん、いかがですか？　物語ペーパーに印刷するのは、吉野さんが選んだ箇所で大丈夫でしょうか？」

綿貫さんが訊《き》く。

「そうですね、読んでみて、僕はこちらで良いと思いました。先が気になるところで終わっていますけど、それが逆にいい感じがして……」

上川さんが言った。

「そうよね、うちのもちょうど面白くなってきたところで切れてるんだけど、これで興味を持って本を買ってくれるかもしれないし」

松本さんが微笑む。

「台東区もこれで良いと思います」

小久保さんもうなずいた。

「じゃあ、印刷箇所はこちらで。それと、この記念館のスタッフで、物語ペーパーを考案した、吉野先生のお嬢さんでもある吉野百花さんをご紹介しますね」

急に綿貫さんに指名され、あわてて背筋を伸ばした。みんながいっせいにわたしの方を見る。

「吉野百花です。まだ大学生で、こちらではアルバイトとして働いています」

そう言って勢いよく頭をさげた。

「ええーっ、まだ大学生だったんだ」

天野さんが驚いたようにわたしを見る。

「組子障子のカードを作ったんですよね？　綿貫さんのお店で買いました」

にこにこ微笑みながら話しかけてくる。

「あ、ありがとうございます」

もう一度頭をさげる。

「『紙の絵本』も吉野さんのアイディアなんですよね」

「こういうのは才能なのよ」

小久保さんと松本さんにそう言われ、緊張してなにも答えられなくなった。

「百花さんは新商品のアイディアを思いつくと、自分で試作されるそうで……。この物語ペーパーも自分で蠟引きして、藤崎さんと僕のところに持ってきたんですよ」

「行動力があるねえ。でも、どうやって思いついたの？」

上川さんがこちらをじっと見る。

「あ、あの……」

予想外の質問にかたまった。

「実は、この企画の前に、大学祭で……。あ、わたし、大学で小冊子研究会っていうサークルに所属してまして……」

「ああ、綿貫さんからうかがいました。冊子も見せていただきましたよ。なかなかよくできていたので、うちの店でも扱いたいな、と思って……。あとでその話もさせていただいていいですか」

小久保さんが言う。

「は、はい。よろしくお願いします」

座ったまま勢いよくお辞儀した。

「それで、蠟引きは……？」

天野さんに訊かれてはっとした。

「そうでした、すみません。大学祭で、冊子を買ってくださったお客さまに配布するノベルティをなににするか、という話になって……。その前にちょうどお菓子のパッケージで蠟引きされたものを見て、自分で試しに蠟引きをしたところだったんです。文字のはいった紙に蠟引きするとレトロな感じが出ていいなあ、と思って……。それで、ノベルティで蠟引きの栞《しおり》を作ることにしたんです」

説明がずるずると長くなってしまう。しかも物語ペーパーから話がどんどん離れていく。なんでこんなに要領が悪いんだろう。もっとまとめておけばよかった……。

「蠟引《ろうび》きの栞？　素敵ですね」

天野さんが目を輝かせた。

「あ、いまここにも一枚持ってますよ。なかなか素敵で……」

母がカバンから文庫本を取り出し、はさんであった栞を天野さんに差し出した。

「あ、それはわたしたちが部室でアイロンで作ったもので、ここで出すほどのクオリティでは……」

あわてて言った。

「自分たちで？　蠟引きってアイロンで作れるんですか？」

天野さんが栞を手に取って言う。

「はい。わりと簡単に作れます」

「へえ、素敵。作ってみたい」

「ああ、これも手作り感があっていいですねえ」

横からのぞいた小久保さんが言う。

「それで、今日は吉野さんから、物語ペーパーで使用する紙とインキのことで提案があって……」

綿貫さんの言葉で我にかえった。そうだ、蠟引きのやり方について話してる場合じゃない。紙とインキの話を進めないと。

「し、資料としてお渡ししているのですが、今回、紙とインキについては文字箱のものとはちがう……ご提案がいくつかありまして……」

話しだしたところでいきなり詰まってしまい、頭が真っ白になった。母が心配そうにこっちを見ているのがわかる。

「ああ、資料は先ほど皆さんにお配りした封筒にはいってます」

綿貫さんが資料のなかから小さな封筒を取り出し掲げた。みんな資料に目を落とし、封筒を取り出す。

「文字箱では生成りの紙に黒のインキを使いましたが、試作段階ではほかにも候補があったんです。みんな同じ色じゃなくてもいいんじゃないか、って、吉野さんからの提案があって」

それぞれ封筒から紙を取り出し、広げる。

「ほう、なるほど。色の紙を使うっていうのもなかなかいいですね」

上川さんが言った。

「読みやすさでは白や生成りだけど、色のついたものもそこまで読みにくくないし、悪くないですね」

「そうなんです。いろいろ試して、紙があまり濃い色だと読みにくくなってしまうんですが、ある程度までは大丈夫です」

サンプルの紙を広げて説明する。

「こちらがもとの紙になります。蠟引きしたサンプルがないものもありますが、こちらから自由に選んでいただければ……。基本的に、蠟引きすると色は深くなります。皆さん候補を三枚くらい選んでいただいて、試してみてから本刷りにはいりたいと思います」

みなそれぞれ紙をめくり、候補を選んだ。

「じゃあ、今日はここまででしょうか。海岸ブックスさんの抜粋箇所は追って吉野さんから連絡してもらうことにして、ほかの方は印刷と蠟引きの試作にはいります」

紙とインキの候補が決まったところで綿貫さんが言った。

「いやあ、楽しみですね」

上川さんがうれしそうに微笑むと、みんなうなずいた。記念館も最終入館時間をすぎ、お客さまがいなくなったようで、藤崎さんも戻ってきた。

「今日はお運びいただき、ありがとうございました。そろそろ閉館時間で、もう受付は閉めてしまったんですが、ご興味ある方は展示の方もぜひ見ていってください」

藤崎さんがあいさつする。

「そうですね、最近和紙に興味が出てきたので、ちょっと拝見します」

松本さんはそう言って、展示室に出ていった。上川さんと母もいっしょに外に出て、思い思いに展示を見ている。わたしは小久保さんに小冊子研究会の冊子のことを訊かれ、近いうちに書肆モルンを訪ねる約束をした。

「ところで、このお部屋はふだんはなにに使ってるんですか？」

天野さんが訊いてくる。

「むかしは教室に使っていたんだそうです。和紙を使ったちぎり絵とかの……。ただここ数年は開かずの間になっていて……」

ずっと藤崎さんがやる気を失っていたから、ということは言わずにおいた。

「ええーっ、もったいないですね。ワークショップとか開いたら楽しそうなのに」

「ワークショップですか」

前に莉子にも似たようなことを言われたな、と思った。

「さっきの蠟引きとか……。わたしも自分で作ってみたいなあ、と思って。さっきわりと簡単に作れる、っておっしゃってましたけど」

「ええ、家庭であるもので作れますよ。アイロンとクッキングシートとろうそくと、ろうそくを削るための道具。カッターナイフで削るより、茶漉《ちゃこ》しにこすりつけた方が細かくなって扱いやすいんです」

「それだけで作れるんですか？」

「あとはアイロン台とか、捨ててもいい布とか……。でも、ふつうの家にあるものでできますよ」

「そうなんですね。楽しそう」

天野さんが言った。

「物語ペーパーの大きさの紙をムラなく蠟引きするのはむずかしいですけど、栞くらいの大きさなら、何度か練習すれば作れるようになります。実際、うちのメンバーは全員作れるようになりましたし」

「ますますワークショップに良さそうですね。家に帰って自分でも作れる、っていうのが親しみやすくていいと思います」

　ワークショップか。手作り感覚でいいならわたしでも教えられないことはない。部員にも教えたし、大学祭前に相当な枚数の栞を作ったし。あとで藤崎さんに訊《き》いてみよう、と思った。

3

書店さんたちが記念館を出たあと、綿貫さん、藤崎さん、母と館長室に戻った。

「今日はありがとうございました」

綿貫さんが母に言った。

「いえ、こちらこそいろいろありがとうございます。夫の本を読んでくれている人とお話しすることができて、とてもうれしかったです」

母が答える。

「物語ペーパー、こうやって少しずつ種類が増えていったら面白いですよねえ。書店合同でイベントを開いてもいいかもしれない」

綿貫さんが言った。

「イベントといえば、さっき天野さんに言われたんです。レクチャールームでのワークショップを開催してみたら、と」

「ワークショップ？」

綿貫さんが訊いてくる。

「あの部屋、ふだんは使ってない開かずの間だってお話ししたら、もったいない、って」

「え、使ってないの？」

母が目を丸くした。

「はい。以前は教室に使ってたんですが、生徒さんがだんだん減ってきたので閉じてしまったんです。それでずっと閉めたきりで……」

藤崎さんが答える。

「それはたしかにもったいないわね」

「実は僕も部屋を見せてもらったときからそう思ってたんだ」

綿貫さんもうなずく。

「天野さんは、蠟引《ろうび》き体験はどうか、っておっしゃってました。しっかりした教室となるとハードルが高いですが、栞《しおり》サイズの蠟引きで、手作り感覚の体験ならわたしでも教えられますし、小冊子研究会から手伝いを出すこともできます」

「なるほど。いまは本格的な教室じゃなくて気軽なワークショップがいいのかもしれないね。広告とかでもよく見るじゃないか、三十分で体験できる、みたいな」

綿貫さんが藤崎さんを見る。

「ワークショップ……」

藤崎さんはなにか考えているような表情になる。

「蠟引き体験、いいんじゃないかな。文字箱のスタッフでも、物語ペーパーを見て、自分で蠟引きしてみたい、って話してる人がいた」

綿貫さんが言った。

「きれいにできあがったものを買うのもいいですけど、こういうのって自分で作ってみるのが楽しい、っていうのもありますよね。わたしも家で百花が蠟引きするのを見て、蠟を引くってこういうことだったのか、と思って新鮮でした」

母もうなずく。

「作り方を知るには自分で作ってみるのがいちばんだし、そうすることで発見もあると思います」

わたしも紙漉《かみす》きをしたとき、知識だけではなく、自分で体験することでわかることがある、と思った。たとえ数十分でも実際に手を動かすと、仕組みがのみこめるし、むずかしさも理解できる。紙漉きには設備が必要だが、蠟引きなら机さえあればいい。

「教室というと、どうしても講師をちゃんと招いて、月謝制にして、半年とか一年のカリキュラムを作って、という発想になっていましたが……」

藤崎さんが口を開いた。凝り性で紙オタクの藤崎さんからしたら、専門的な技能を伝えるにはそれなりの時間が必要、となるだろう。

「たしかに、むかしはどんなことでも二年、三年続けてようやく形になるという感覚だったけどなあ」

綿貫さんが言った。

「でも最近じゃ、陶芸体験とか和菓子作り体験とか、伝統工芸でも観光の一環で三十分、一時間の体験コースを作ってる。それこそ紙漉きだって。子どもにとっては仕組みを知るだけでも勉強になるだろう」

「そうですね。ちょっとのぞいてみるだけでも発見はあるし、それが糸口になることもある。週末だけワークショップを開くというのもいいかもしれない」

藤崎さんもうなずいた。

「たとえば、物語ペーパーとそろいの栞を作って、自分で蠟引きしてもらうワークショップとかはどうでしょう？　栞の蠟引きなら初心者でもむずかしくないですし、わたしたちも慣れてますし」

「いいんじゃない？　ペーパーとおそろいってところがおしゃれだし。ペーパーをブックカバーにして、栞をはさむとか」

母が言った。

「いいですねえ。あ、でも、実はあれも気になってて……」

綿貫さんが天井を見あげる。

「あれ？」

藤崎さんが訊いた。

「水引ですよ。レクチャールームの天井からかかってた水引のつるし飾り」

「あ……」

母と顔を見合わせる。

「あれも吉野さんが作ったものなんですよね？」

綿貫さんがわたしを見た。

「わたし、と言いますか、あれは飯田の……。実は、母の実家が飯田にありまして、祖母はむかし水引を作る内職をしてたんです。それで、この前お正月に帰省したとき、祖母から教わって、伯母《おば》やいとこや母とみんなで作ったんです」

「そうか、飯田って、水引で有名な……」

綿貫さんが言った。

「ご存じなんですか？」

「いや、最近、水引にはまっているスタッフがいて……。うちの店でも来月、水引本コーナーを作る話が出てるんですよ。それで水引に関する本やその本の著者の水引クリエイターのインタビュー記事を読んだりして……」

「水引クリエイター？　そんな方がいらっしゃるんですね」

母が目を丸くする。

「ええ。何人か活動している方がいるみたいですね。アクセサリーを作る方から、空間装飾を手がける方までいろいろ」

「そうなんですか」

「それで、水引の体験もいいかな、って。あのつるし飾り、雛祭《ひなまつ》りの時期にぴったりだし、記念館のなかに飾るんでしょう？　同時にここで水引のワークショップを開催したらお客さまも喜ぶんじゃないかと」

「いいですね。せっかく飾るのだから、実際に結ぶ体験をしたら、お客さまの理解も深まりますし」

「ほかの店の物語ペーパーが完成するまでにはまだ少し時間がかかるでしょう？　そちらは春休みの体験にして、二月は水引もいいんじゃないかと思うんですよ。そうしたら、うちの水引本コーナーとも連携できます」

「そしたら、その水引の本を書いた方にワークショップの講師をお願いするのはどうですか？」

母が言った。なるほど、宣伝にもなりそうだ。

「ああ、たしかに。実はトークショーみたいなことができたら、という話は出ていたんですよ。うちの店には場所がないからあきらめてたんですが……。受けていただけるかわからないですが、依頼してみてもいいかもしれない」

「いいと思います。著者の方が自分のＳＮＳアカウントを持っていれば、そこで告知をしてくれるかもしれませんし」

力強くそう言ってから、発想が莉子みたいになってきたな、と苦笑した。

帰り、母とふたりで日本橋を渡り、福徳神社に向かった。物語ペーパーの企画が発展しているお礼をしておきたかったし、母にも神社周辺を見せたかった。

川の面に町の灯が映り、揺れている。橋の欄干の灯、首都高を通る車の光、橋の裏に反射する川の光。首都高が川の上をふさいでいて景観が良くないと言われるが、いろいろな光が揺らめいて、なんだかこれもうつくしいなあ、と思う。

小冊子研究会で日本橋特集を作るとき、サークルのメンバーみんなで日本橋の歴史を調べたのを思い出した。

この橋が誕生したのは慶長《けいちょう》八年、つまり一六〇三年。当時は木造の太鼓橋だった。いまの石造二重アーチに架け替えられたのは、明治四十四（一九一一）年のこと。

戦前の日本橋周辺の写真も見た。石造りの壮麗なビルが建ち並ぶヨーロッパのような景観。まさに大東京という趣だった。江戸時代にさかのぼれば、黒く重厚な蔵造りの町並み。荷物が水路で行き交う商業の町だった。

むかしからずっと人々がここで商売し、生きてきた。大きなお金が動き、血なまぐさい事件も起こり、戦争のときには建物から金属が剝《は》ぎ取られ、供出された。わたしには想像もつかないような豪壮な世界。

でもそこにはきっとふつうの人も生きていた。藤崎さんのような人、綿貫さんのような人、薫子さんのような人、そしてわたしのような人もいて、それぞれに歯を食いしばって生きていたんだと思う。

首都高に覆われているいまも、日本橋にはいろんな人が行き交っている。架橋百周年の二〇一一年には橋のたもとに船着場ができた。いまはさまざまなツアーがあり、年間五万人以上が利用しているという。

町ってすごい。長い歴史が積み重なっている。町に生き、町を変えていく人の力もすごい。わたしもいまその隅っこで生きている。胸が熱くなり、もっとがんばろう、という気持ちがふつふつと湧いてくる。

「日本橋、あんまり来たことなかったけど、素敵ねえ。小冊子研究会の冊子見てからずっと来てみたいと思ってたのよね」

母が言った。母の会社は代々木《よよぎ》の近く。仕事でも日本橋にはあまり用事がなく、ほとんど足を運んだことがなかったらしい。

「でも最近活気が出て来た、っていう話は聞いてた。歴史的建造物も多いし。昼間は髙島屋の周辺をいろいろまわったのよ。屋上にも行ってみた」

髙島屋の屋上。父の小説に出てくる場所。

「あそこに象がいたなんてね」

「いまなら考えられないよねえ」

小さな動物ならともかく、象である。

「百貨店って、楽しみが詰まった場所だったんだね。きらびやかで、はなやかで。わたしは大人になって東京に出て来たから屋上広場みたいなところにはあまり行かなかったけど、むかしはどこの百貨店の屋上にも遊園地があったんだって」

「遊園地？」

「小さい観覧車とか、乗り物とか。家族連れがやって来て、屋上で遊んで、食事して、買い物して。庶民にとってのハレの場だったんだと思う」

「ショッピングモールみたいな？」

「そうね。いまならショッピングモールかな。だけど少し雰囲気がちがう。ショッピングモールほど広くないし。昭和っぽい、としか言いようがない、お子様ランチ的な楽しさ」

「お子様ランチかあ。そういえば髙島屋には特別食堂っていうところがあって、前に藤崎さんや薫子さんに連れていってもらったことがあるんだ。そこには超豪華なお子様プレートがあって、大人でも食べられるみたい」

「へえ」

　母がにっこり微笑む。

「記念館の方にはよくしていただいてるのね」

「うん。申し訳ないくらい……」

「藤崎さんも、綿貫さんも、すごくいい人たちよね。大仰だったり形式ばったところが全然ない。でも自分の信じるところがあって、まっすぐな感じがする。百花がああいうところで働いているんだと思ったらすごく安心した」

「そう……かな」

　褒められているのはわたしじゃなくて、藤崎さんや綿貫さんなんだけど、なぜか照れくさくなって、少しうつむいた。でもその通りだと思う。

「わたしも、記念館で働けることにすごく感謝してる。薫子さんの和紙に対する思いもすごく胸に響くものがあって、そのためにがんばってみたいと思った」

「そうか。大切にしているものがあるって、素晴らしいことだよね」

母が大きく息をつく。

「ほんとに社会に出たら理想ばっかりは言ってられないし、志が通らないことも多いけどね。でもそういう場に身を置いて、なにかのためにまっすぐがんばる経験ができたら、きっと強くなれるよ」

「そうかな」

母の言葉がじわっと心に染みこんでくる。卒業した先輩のなかには、なんのためかわからない仕事をさせられて、心が疲れ切っている人もいた。わたしだって、自分のしたいことができるのはすごく恵まれたことなんだって知ってる。

子どものころはなんでもできるような気がする。だけど、だんだん得意なこと、苦手なことがあるのがわかってきて、夢が少しずつ減っていく。そうして、仕事を選ぶときはひとつに決めなければならない。どんな仕事だって修練が必要で、あれもこれもできるわけじゃない。

ひとつを極めるには膨大な下積みが必要で、山のようにたくさんあると思っていた「できるかもしれないこと」は、結局、石ころくらいの大きさになってしまうのかもしれない。ほんとうにしなければならないのは、その小さな石をしっかり磨くこと。

「自分ってなんなんだろう、ってずっと悩んでたんだよね。けど、薫子さんの話を聞いたり、美濃で紙漉《かみす》きを見たり、この前飯田でおばあちゃんの話を聞いたときも……この世界には人々が積み重ねて来たものがたくさんあって、ひとりひとりにできることは小さいけど、それが積み重なって大きくなっていくんだな、って思った。自分らしさより、いまはそのことが気になる」

考え考え、ゆっくり話す。母は黙って聞いていてくれていた。

「富岡《とみおか》製糸場ってあるでしょう？」

「うん。世界遺産になったところだよね」

「そう。前に仕事で著者といっしょに取材に行ったことがあって。そこで当時の工女さんたちの仕事の話をいろいろ聞いたのね。製糸業は当時の日本を支える重要な産業で、富岡製糸場は日本の近代産業の先駆的存在でもあったわけ。で、そこで働いていたのはほとんどが女性だったのね」

「へえ、女性が……」

「富岡製糸場の工女さんたちは明治維新で家禄を失った士族の娘で、富岡製糸場は労働時間的にも福利厚生的にもホワイトな環境だったみたい。各地からやってきて、意欲をもって仕事を学び、自分の土地に帰って後進の指導にあたったんだって」

「そうなんだ」

「そのときいっしょに行った著者の先生は、日本の近代産業のことにくわしくてね。紙の話もしていた。紙もかつては貴重な産業資源だったでしょう、そこでも女性の働き手が多かった、っておっしゃってた」

「うん。美濃でも聞いた。紙を漉くのは女性が多かった、って」

「江戸時代は女の子を養女にして、幼いころから技術を教えて働かせることも多かったみたい。いまだったら考えられないことだけど、みんなが食べるのに必死だったんでしょうね。いまの尺度でいいとか悪いとかは言えない」

「そうだね」

「近現代の人たちはみんなが生きていける環境を整えるように努力してきた。その努力の上にわたしたちの生活がある。戦後は女性は専業主婦という風潮が高まったけど、むかしは女性も男性と同じ重要な働き手だったのよね。いまはまた働いている人の方が増えてきた」

「みんな、生きるために働くんだよね」

「そうだね」

　母がうなずく。

　美濃の和紙や、飯田の水引のことを思い出すと、あのなかに人が生きるということが詰まっているような気がした。美術品というより実用品。多くの職人の手でたくさん作られていたもの。

わたしは、そうやって生み出されたものが好きなのかもしれない。身分の高い人たちのために作られた美術品はもちろんうつくしいけれど、生きるために作られた実用品には、それとはまたちがううつくしさが宿っている。

薫子さんは、和紙がむかしと同じように使われることはない、と言っていた。簀桁《すけた》を作れる人はもうあまり残っていないという話も聞いた。だけどまだ紙漉きは受け継がれている。いまこのときに記念館に出会えて、和紙にかかわることができたのが奇跡のように思えた。

「紙っていいよね」

「そうだね」

母がうなずく。前にも同じことを思った。小さくても持っているだけでしあわせになる、と。いまはそれだけじゃない。紙のことをもっと知りたい。紙のこと、紙にまつわる歴史。もっと勉強して人に伝えたい。うまく言葉にできないけれど、そんなことを思った。

福徳神社にお参りしたあと、コレド室町のなかの和食店にはいった。席について、スマホにメッセージの着信があることに気づいた。祖母からだ。

「あ、写真。おばあちゃんから写真送られて来た」

母にスマホを見せる。雛人形《ひなにんぎょう》と水引のつるし飾りが写っている。

「すごい、つるし飾り、増えてるよ」

拡大しながら写真を見て、母が笑った。

「ほんとだね。それに雛人形もいっぱい」

「これは紫乃とわたしの雛人形。なつかしいなあ。見に行きたくなっちゃうね」

母が写真をじっと見つめる。多津子伯母《おば》さん、遥香ちゃんといっしょににこやかに笑っている写真もあって、お正月にみんなで水引を結んだことを思い出した。

「よかった。うまくいってるみたいだね」

母が安心したようにつぶやく。あの家がなくなるのはさびしいけど、祖母が言っていたみたいに、家族の心がつながっていれば、そこが家なんだ。水引の「結」の話が頭のなかによみがえってきて、水引がみんなをつないでくれたのかもしれない、と思った。

4

綿貫さんが言ってた水引の本の著者は西田《にしだ》さんという女性で、ワークショップを依頼すると快く引き受けてくれたらしい。西田さん自身、水引や贈答の文化を広めたい、という思いがあって、ワークショップをあちこちで開催しているのだそうだ。

一度打ち合わせをすることになり、西田さんと綿貫さん、文字箱のスタッフで水引本コーナーを担当する井上《いのうえ》さんという女性が記念館にやってきた。人数も多いので、打ち合わせはレクチャールームでおこなうことになった。

「はじめまして、西田です」

西田さんが低めの声で言う。短めのボブヘアにすっきりした細面の顔立ち。黒いメタルフレームの眼鏡をかけた雰囲気のある人だった。

「井上です。よろしくお願いしますっ」

文字箱の井上さんは、小柄で色白、髪も瞳《ひとみ》も色素が薄く、全体にふんわりした印象だ。

「わたし、西田さんの入門書を見て、水引をはじめたんです。まだまだそんなにきれいに結べないんですが、作ってると楽しくて……」

「そうなんですね」

西田さんが微笑む。

「むかしからものを作ることに憧《あこが》れてて。でも美術はできなかったんです。色をきれいに塗ったりするのは得意だったんですけど、いかんせん独創性がないみたいで……。でも手芸はけっこう得意で……」

「手芸というと、どんな？」

「まず刺繍《ししゅう》です。ステッチを覚えるのは楽しかったんですが、自分で図案を考えるのが苦手で、すぐ頭打ちに……」

井上さんが苦笑いする。

「それから編み物をはじめて。これはかなりはまりました。教本通りに編むところからスタートして、多少のアレンジはできるようになりました。なにより実際に着られるところがいいじゃないですか。それで学生時代は一冬に二、三枚編んだりして……」

「すごいですね」

「根気だけはあるんです。けど、勤めはじめてからはなかなか時間が……。それで、しばらく手芸からも遠ざかってたんですけど、前の職場で西田さんの本を見かけて……」

「前の職場？」

「文字箱に来る前は大手チェーンの書店にいたんです。表紙を見てきれいだな、と思って買ったんですが、最初は水引が紙だってことさえ知らなくて。作りはじめて、糸とも毛糸とも紐《ひも》とも全然ちがうことにびっくりしました」

「硬いし、一度折れたら終わりですもんね」

「でも、小さいからすぐにできあがるじゃないですか。一、二時間あればいくつかできちゃう。人にもめずらしがられますし。なにより、きれいだな、って。色合わせで印象も変わるし、定型のうつくしさっていうんでしょうか、見飽きることがない」

「たしかに水引には不思議な魅力がありますよね」

綿貫さんがうなずく。

「あ、すみません、しゃべりすぎました」

井上さんが真っ赤になってぺこっと頭をさげる。綿貫さん、藤崎さん、わたしも簡単に自己紹介をした。

「わたしのプロフィールは本やサイトに書いてある通りなんですけど」

西田さんが話し出す。

「東京生まれで、東京の美大に入学して……。水引を使って卒業制作をしました。それがきっかけで空間装飾の仕事をはじめて、アクセサリーも手がけるようになったんです」

「じゃあ、水引の産地の生まれとか、家が代々水引作りに携わっていたということではないんですね」

綿貫さんが訊《き》いた。

「ええ。水引に出会ったのは大学時代で、それまでは縁もゆかりもなかったんです。たまたま旅先で水引と出会って、そのうつくしさに驚いて、水引を使った制作をはじめて……。結び方も教室に通ったりだれかに習ったわけではなく、本で覚えました」

西田さんが淡々と話す。背筋がぴんとのび、落ち着いていて、所作に品がある。素敵な人だなあ、と思った。

「でも、だからかえって自由にできたのかもしれません。卒業制作では大きな作品を作り、その後も空間装飾の制作を続けていたのですが、あるとき結び目ひとつのうつくしさに気づいて、小さなアクセサリーを手がけるようになったんです」

「本にも小さな作品がたくさん掲載されていましたよね。アクセサリーだけじゃなくて、ポチ袋につける小さな飾りとか。さりげなくて、新鮮で、しかも、これなら自分でもできるかも、って感じがして。本を見たとき表紙の写真に惹《ひ》きつけられて、それまで水引なんて知らなかったのに、思わず買ってしまいました」

井上さんが西田さんを見た。

「西田さんは海外でも活動されてるんですよね」

綿貫さんが言った。

「そうですね、おもにヨーロッパです。ホテルやホールなどの装飾に使っていただいてます。日本の伝統工芸に敬意を払ってくれるんですよ。紙で作ったって言うと、すごく驚かれるんです。日本の工芸品は神秘的だ、って。日本人より日本の工芸にくわしい人もいるくらいで」

「自国のことは意外と知らなかったりしますしね」

綿貫さんが言った。

「わたしもそうでした。水引も、最初は単に素材として面白いから選んだだけで、歴史もそこにこめられた意味もあまりわかっていなかった。でも、あるときからそれではいけない、と思うようになりました」

「あるとき？」

「海外でのインタビューで、水引の伝統やなぜ伝統的な技法を使うのかについて訊かれたことがあったんです。でもわたしはしっかり答えることができなかった。水引の歴史もぼんやりとしか知らなくて、自分の創作と結びつけるところまでできていなかった。

それが悔しかった」

西田さんの澄んだ瞳に惹きつけられた。

「そのあと考えたんです。最初は伝統とは関係ないと思っていたけど、わたしの創作も、やはり心の奥底にある日本の美意識とつながっているところがあるなあ、って」

「あ、そのこと、ご著書にも書かれてましたよね」

井上さんが言った。

「ええ。それからいろいろ調べるようになったんですね。水引を語るにはまず紙のことを知らなければならない。それで各地の和紙職人さんにお話をうかがったり、紙漉《かみす》きを体験したり。贈答品の包装についても勉強しました。若いころはいつかは水引だけじゃなくて別の素材も、って思ってましたけど、ひとつを極めるだけでも大変なんだなあ、って」

その気持ちは少しわかる気がした。

「でも、水引の歴史がわかってくると、自分はこんな素敵なものに携わっていたんだ、って、感動することも多々あって……。だれかが生み出して、それをだれかが引き継いできてくれたからいまがある。それを引き継ぐのはたいへんなことだけど、自分のためにがんばるんじゃない、と思ったら、なんだか力が湧いてきたんです。これまで水引に携わってきた人たちがみんな自分のうしろについていてくれている気がして」

「なるほど。素敵ですね。ワークショップのときにもぜひそういうお話をお聞きしたいです」

　綿貫さんがうなずいた。

「ワークショップには気負わず、気軽に参加してもらいたいので、あんまり大仰なことは言いたくないんですけど」

　西田さんがくすっと笑う。

「ところで、ずっと気になっていたんですが、こちらの飾りは……？」

　西田さんが飯田で作った水引飾りを指した。

「それは……。実はわたしの母の実家が飯田にありまして、祖母がむかし水引の内職をしていたのです」

　わたしが答えると、西田さんは目を丸くした。

「飯田の……。そうだったんですね。飯田は結納の大きな水引飾りで有名ですよね」

「はい。この前、お正月に飯田に行ったとき、叔母《おば》やいとこといっしょに祖母に水引の結び方を教えてもらいまして」

「皆さんで作られたんですか？」

　井上さんが訊いてくる。

「はい」

「そうでしたか。いいですねえ」

　西田さんが飾りをじっと見る。

「とくに、ところどころにはいっているあわじ玉や相生《あいおい》結び、五輪結び、亀結びは見事ですね。ゆるみや隙間もないですし、形がとても整っています」

「それは祖母が……」

わたしたちは梅結び専門で、それだと単調だから、と祖母が別の結び方のものを入れてくれたのだ。

「むかし内職をされていたんですよね。一度お目にかかってお話をうかがいたいです」

西田さんが言った。

「実はわたしも今年のお正月にはじめて内職の話を聞きました。祖母たちが内職をしていたころは、みんなたいてい一種類の細工だけを請け負っていたようです。祖母は亀ばかり作っていたとか」

「そうなんですね。興味深いです。飯田にもまた行ってみたいと思ってたんです」

「ほんとですか？　うれしいです。ぜひ一度お越しください。祖母もご紹介します」

「よろしくお願いします」

綿貫さんが言った。

「ええと、ではそろそろワークショップの内容の相談にはいりましょうか」

「そうですね。どんなものを作りましょうか。つるし飾りも素敵ですが、短時間ではそんなにたくさん結べないですよね」

西田さんが天井を見あげる。

「梅結びを使ったアクセサリーはどうですか？　はじめての人でも無理なく作れると思いますが」

井上さんが言った。

「わたしも祖母と作りました。梅結びを裏表ふたつ合わせた形です。あとでネックレスにもイヤリングにもできるような。水引は三本で作りました」

「三本なら少し慣れれば結べると思いますし、大きさ的にもちょうどいいですね。色合わせで遊ぶ楽しさもあります」

西田さんもうなずく。

「ただ、どうなんでしょう。アクセサリーだと女性限定のイメージがないですか」

綿貫さんが首をひねる。

「そうですね、ピンバッジやカフスボタンなどに加工することもできますが、男性はどうしても……」

「アクセサリーにしても贈答品の飾りにしても、水引に関心を持つのは女性の方が圧倒的に多い気がしますけど」

井上さんが言った。

「でもアクセサリーだと、男性だけでなくお子さんも参加しにくいかもしれません」

わたしがそう言うと、井上さんが、なるほど、たしかに、とつぶやいた。

「そうなると、やっぱりカードとかの方がいいですかね」

「水引の小さな飾りをつけたポチ袋とか……。あとは実用品でしょうか」

井上さんが言った。

「実用品って？」

綿貫さんが訊き返す。みんな、うーん、と考えこみ、しばし沈黙が続いた。

「箸置《はしお》きはどうですか？　飯田では毎年祖母がお正月の箸置きを水引で作ってました」

思いついて言ってみた。

「ああ、箸置き。いいですね」

西田さんがわたしを見る。

「箸置きなら梅結びでも、蝶結《ちょうむす》びでも、いろんな結び方で作れますし、雛祭りにも関連づけやすいです。雛祭りの食卓を彩る箸置きを作る、というような……」

「金具などを使わずに水引だけで完結するところもシンプルでいい」

ずっと黙っていた藤崎さんが口を開いた。

「そうですね、箸置きにしましょう」

綿貫さんも大きくうなずいた。

「わかりました。いろんな結び方ができると言っても、短時間のワークショップですから、二、三種類に絞った方がいいですよね。サンプルを作って、結び方の教材を作りますね。梅結びはいれるとして、あとは……」

「祖母はあわじ結びで作ってました」

「そうですね。基本中の基本ですし。じゃあ、あわじ結びと梅結び、あとは……」

「ええと、すみません、あわじ結びってどんな結び方でしたっけ？　梅結びはそのつるし飾りにたくさんついている結び方なんですよね。あわじ結びというのは……？」

綿貫さんが困ったような顔で言った。

「先輩、わかってなかったんですか？」

藤崎さんが驚いたような顔になる。

「ごめん」

綿貫さんは頭をかいた。

「あわじ結びは梅結びの最後を丸めない形ですよ。水引のいちばん基本の結び方」

「最後を……丸めない……？」

綿貫さんが首をひねっている。

「ごめんなさい、わたしも本か水引のサンプルを持って来ればよかったですね」

西田さんが申し訳なさそうな顔になる。

「ちょっと待っててくださいね」

なにを思ったのか、藤崎さんはそう言うと部屋を出て行った。あわじ結びならお正月に写真に撮ったはず。スマホを取り出し写真をスクロールしていると、藤崎さんが戻ってきた。どこにあったのか、赤い水引を数本、手に持っている。

「水引、記念館にもあったんですね」

「まあ、使うこともあるからね」

藤崎さんはそう言うと、持ってきた水引から三本取り出し、慣れた手つきでくるくるっと操った。

え、水引結べるの？

驚いて手元を見た。なめらかで、きれいな動きだ。祖母と同じ、魔法のような動き。あっという間にあわじ結びができあがり、机の上にぽんと置いた。

「これですよ」

藤崎さんが綿貫さんを見る。綿貫さんはぽかんとしていた。

「うわ、すごい。速い。それにめちゃくちゃきれい」

井上さんの声がした。

「素晴らしいですね。すごく整っていて、きれいです」

手に取った西田さんが息をつく。速い。うまい。藤崎さん、こんなこともできるんだ。それに結ぶ所作もきれいだった。

「藤崎くん、すごいね」

綿貫さんがようやく口を開いた。

「びっくりしました」

わたしも言った。

「どうして？」

藤崎さんが不思議そうにわたしたちを見る。

「だって水引結べるって、おっしゃってなかったじゃないですか」

飯田で水引の写真を送ったときの返事にもそんなことは一言も書かれてなかったし、記念館に実物を持ってきたときもなにも言ってなかった。

「え？　結べるよ、あわじ結びくらいは」

常識じゃないのか、という顔である。さすが紙オタク。考えたら、結べる、とは言ってなかったが、結べない、とも言っていない。わざわざ言うほどのことじゃない、ということなんだろう。

「ものを贈るときには水引かけるし、ご祝儀袋にも……」

「いえ、いまはみんな買ったのを使ってると思いますよ。贈り物にはリボンの方が圧倒的に多いと思いますし」

井上さんがおそるおそる返す。

「そうなのか。うちは祖母も祖父も父も母もよく使っているから……」

さすが紙屋の一族。

薫子さんの顔を思い出すと、結べるのが当然という気がしてくる。飯田で聞いた、むかしは贈り物に水引をかけるのが良家の子女のたしなみだった、という話を思い出す。水引は特別なものではなく、人々の暮らしに溶けこんでいたんだ、と思った。

「藤崎さんにとっては水引は日常的なものだったんですね」

「水引自体はね。でも、贈答品にかけるものというイメージしかなかったから、こうやってつるし飾りになっているのはすごく新鮮だった」

そういえばあのとき祖母も同じようなことを言ってたなあ、と思い出した。

「アクセサリーも意外でしたが、いいですね。西田さんの本、拝見しました。繊細で、でもかろやかで……。紙の性質が生きている」

藤崎さんが西田さんに言った。

「ありがとうございます。不思議ですよね。なぜ糸や紐《ひも》ではなく、水引に惹《ひ》かれたのか。自分でもよくわからないんです。紙は糸や紐にくらべると張りがあるし、切れやすいでしょう。本来結びにくいものだと思うし、きれいに結ぶのはむずかしい。でもそれを結ぶ。きれいに結ぶ。だからこそ、その絆《きずな》に得難いものを感じるのかな、って」

西田さんは言葉を選びながらゆっくり話す。

結びにくいものをきれいに結ぶ。だからこそその絆に得難いものを感じる。

よくわかる気がした。水引を結ぶときは緊張する。紙だから失敗するとヨレてしまい、結びなおすことができない。心を落ち着けて、バランスを見ながら、ゆっくり慎重に結んでいく。だから小さくても尊いものになるのだ、と思った。

そのあとワークショップの具体的な内容も決めた。雛祭《ひなまつ》り前に行うと考えると、もうあまり日数もない。日程は二月第三週の土日。各回定員二十名。土曜、日曜とも十三時の回と十五時の回の二回ずつで計四回。

ワークショップのタイトルは「水引で祝う雛祭り」と決まり、日数がないので、手持ちの写真を入れて、すぐに告知、来週にはチケットを発売。くわしい情報はサイトとSNSに順次アップしていく、と決まった。

西田さんにはサンプルと当日の教本用の原稿を作ってもらう。藤崎さんは水引、綿貫さんは西田さんの著書の手配。サンプルは莉子に撮影してもらい、告知用の文章はわたしが書く。井上さんがそれらをまとめて告知用のサイトを作り教本を編集する。

飯田で作ったつるし飾りを見あげながら、祖母がこの話を知ったらびっくりするだろうなあ、と思った。

5

二月にはいり、記念館に水引のつるし雛が飾られた。大学も春休みになったので、わたしも毎日記念館に出るようになった。

西田さんから教本の原稿データとサンプルの実物が送られてきた。つるし飾りと似た色合いで、ピンク、白、赤の組み合わせが中心だ。

五本のあわじ結び、梅結び。子どもや自信のない人向けには蝶《ちょう》結び。慣れている人向けに「真」「行」「草」の三種類の相生結び。相生結びだけ、結び目が大きいので三本だ。はじめての人には三本でもむずかしいかもしれない、というメモ書きがはいっていた。

教本の編集をする井上さんと相談して、相生結びはチャレンジ編ということで「真」一種類だけにすると決めた。

サイトとSNSに載せる写真撮影のため、莉子も記念館にやってきた。入口でつるし飾りの写真を撮ったあとレクチャールームに移動し、西田さんのサンプルの写真を撮りはじめた。

「いやあ、きれいなもんだねえ。てるさんのSNSで写真見てるけど、実物はやっぱりいいね。なんていうか、立体感がある」

カメラをかまえながら莉子が言った。水引は小さいものだから、スマホだときれいに撮れないといって、今日は一眼レフを持ってきていた。

位置を変え、光の様子を見ながら写真を撮っていく。真上から撮ったり、傾けてみたり。光のあたり方で水引の質感も変わる。莉子の撮影を見ていると、自分はまだまだだなあ、という気がしてくる。

「できあがったものもいいけど、結んでるところの写真も撮りたいなあ。水引ってあるかな？」

莉子が訊いてきた。

「うん。この前、藤崎さんが出してきてたから、どっかにあると思うけど」

「じゃあ、百花、ちょっと結んでみてよ」

「ええっ、わたし？　結ぶのあんまりうまくないんだけど……」

「なんとなくそれっぽく撮れてればいいんだよ。紙漉《かみす》きのときも百花が紙を漉いてる動画、入れたじゃない？」

「いや、あれは手元がはっきり映ってるわけじゃなかったし……」

熟練した動きとは言えないが、うまく編集してなんとなくそれっぽくできていた。でも、水引を結ぶ様子は遠くから撮ったのではよくわからない。手元のアップだとごまかしがきかない気がした。

祖母にくらべると、わたしの手つきはなんともあやしい。水引の端を輪に通すときなど、ほんとはそれじゃいけないのかもしれないけど、水引を一本ずつばらばらに入れて通してから整えたり、それで指をつりそうになったり、と、不格好きわまりない。

その点、祖母や藤崎さんは……。

あ、藤崎さん。あのときの見事な手つきを思い出した。

「あのさ、水引結ぶなら、藤崎さんの方がうまいよ」

藤崎さんならいまこの記念館の館長室にいるじゃないか。

「え、そうなの？」

「うん。この前一度結んでるところ見たけど、めちゃうまい。おばあちゃんと同じくらい早くて、きれい。子どものころから結んでたみたいで。いまでも贈り物やご祝儀袋に自分で水引かけたりしてるみたいだよ」

「まじ？　紙屋の御曹司の謎設定来た！」

莉子が笑った。

「って言っても、頼むのは勇気いるなあ」

「どうして？」

莉子が不思議そうな顔をする。

「大丈夫だよ、きっと頼めばやってくれるよ」

あっさり言って、レクチャールームを出た。

うそ、なんで？なんで莉子は藤崎さんに対して臆《おく》さないの？　頼んで不機嫌な顔されたら、とひやひやしながらうしろについていった。

「あのお、すみません」

莉子は館長室のドアをあけ、なかをのぞきながら言った。

「ああ、荒船《あらふね》さん、今日はありがとう」

藤崎さんはパソコンに向かったまま、表情を変えずに言う。

「ちょっと、お願いがあるんですが……」

莉子がそう言うと、手を止めてこっちを見た。

「お願い？」

「はい。水引の写真を撮ってるんですが、できあがったものだけじゃなくて、結んでいる様子も撮りたいなあ、と思って」

「ああ、いいじゃないか。水引は結んでいく工程もきれいだからね」

藤崎さんが当然のようにうなずく。いや、それはうまい人が結ぶ場合であって……。心のなかでそうつぶやいた。

「はい、それで、百花に頼んだんですけど、百花は水引結ぶのは館長の方がうまいから、って……」

「ああ、まあ、慣れてるから……。で？」

藤崎さんが首をひねる。

「はい、それで、できたら、藤崎さんが水引を結んでいるところを撮影したいな、と思いまして」

莉子がにこにこ顔で言った。

「僕が？」

藤崎さんが目を丸くした。

「それは……別にかまわないけど」

「でしたら、いまお願いできますか？　日が傾く前に撮りたいんです」

莉子、どんどんいくなあ……たくましいなあ……。なんだか感心してしまう。あたって砕けろ、っていうけど、たしかにあたらないとなにもはじまらないし。莉子のこういうところ、わたしも見習わなければ。

「いま？　まあ、いいよ。そんなに時間がかかることでもないし」

藤崎さんはあっさりそう言って立ちあがった。うわ、言うこと聞いてくれた。莉子、さすが。藤崎さんがうしろを向き、引き出しを開ける。水引、あんなところにしまってあったのか……。

「色はどうする？　うちにはオーソドックスな白、赤、黒と金銀くらいしかないが」

藤崎さんが言った。

「そうですねえ。つるし飾りやサンプルと近い色がいいですね。ピンクがないなら、赤と白でしょうか」

「赤と白ね」

藤崎さんが赤と白の水引を取り出す。三人でレクチャールームに移動した。

「じゃあ、そうですね、そちらの席に座ってもらえますか？」

莉子に言われ、藤崎さんが壁側の席に座った。あそこだと窓からの光が正面からあたり、手元がきれいに見える。

「で、水引、なに結びにすればいい？」

「ええと、この……」

莉子は西田さんが作ったあわじ結びを手に取った。

「あわじ結びね」

「これがいちばん基本だ、って、百花から……」

「そうだね。じゃあ、そうしよう。何本？」

「サンプルと同じ、五本でお願いします」

「わかった」

藤崎さんが赤を二本、白を三本取り出す。

「ふつうに結んでいけばいいのかな？」

「はい。少しゆっくりめにお願いします。あとは勝手に撮りますので」

莉子が藤崎さんの斜めうしろに立ち、カメラをかまえる。

「うわあ、藤崎さん、指きれいですねえ」

莉子が声をあげた。そうなのだ。指が細くて長い。わたしもこの前そう思った。でも、莉子、目上の男性にそれ言っちゃう……？

「そうか？」

藤崎さんがきょとんとした顔になる。

「ええ。手タレになれそう」

「手タレ？」

「手のパーツモデルですよ。手タレ、とか、脚タレ、とか。アクセサリーや化粧品の広告で、手や脚をアップで撮るじゃないですか。そういうとき用のパーツ専門のモデルさんがいるんだそうです」

「そんな仕事があるのか」

「けっこう厳しいらしいですよ。形もですけど、ホクロひとつあってもダメだとか。いまはホクロくらい画像処理で消せると思いますけど……」

「へえ。むかしから祖母にもよく指が長いって言われてたんだ。母親に似たんだよ」

そういえば、藤崎さんのお母さまは歌手だって言ってたっけ。オペラとかに出てて、いまはヨーロッパにいる、とか……。どんな人なんだろう？

「じゃあ、お願いします」

莉子が言うと、藤崎さんが水引を持つ。すうっとしごいて、輪にして重ねる。重ねたところを指で押さえ、端をそろえて輪に通す。淀《よど》みのない動きだ。この前よりゆっくりしているので、動きがよくわかる。

カメラのシャッター音が響く。莉子もいつになく真剣だ。藤崎さんの手がきれいだからだろうか。結んでいく仕草がいっそうきれいに見える。まるで魔法だ。見ているとどきどきした。

「これでいいかな？」

藤崎さんは結び終わった水引を机に置いた。

「ちょ、ちょっと待ってくださいね」

莉子はあわてたように言って、呼吸を整えた。

「なにかまずかったかな？」

「いえ。すごくきれいでした。もう一度結んでもらえませんか？　写真もいいんですけど、これは……。動画も撮るべきだと思うんです」

莉子がきらきらした目で藤崎さんを見た。

「動画？」

藤崎さんは引き気味に訊く。

「結ぶ動き自体がきれいで……これをアップしたら、絶対みんな驚きますから」

莉子は有無を言わせぬ顔で藤崎さんをじっと見つめた。いくら藤崎さんでもあの勢いで言われたらちょっと断れないだろう。

「わかったよ」

藤崎さんが困ったように苦笑いする。

「まあ、宣伝のためだしな。これでいいんなら何度でも結ぶよ」

あきらめたようにそう言った。莉子……躊躇《ちゅうちょ》がない。

それにしても、藤崎さんのあんな顔を見たのははじめてだ。なんだかおかしくて、ちょっと笑いそうになった。

動画の撮影が終わり、館長室に戻った。

撮った動画を確認すると、たしかにうつくしい。流れるような動きだ。

「やっぱり西田さんの方がいいんじゃ……」

藤崎さんが言いかけたが、莉子は即座に首を横に振った。

「女性の手の方がうつくしい、ってことですか？　いつの時代の話です？　そういう差別意識は撤廃すべきでしょう！」

「いや、そういうことじゃなくて……。これは西田さんのワークショップだから」

語気が荒い莉子に藤崎さんもたじたじとなる。

「それはまあ、そうですけど……。これはあくまでも水引の紹介ですし、藤崎さんの手の動き、ほんとにきれいでしたし……」

莉子がそう言ったとき、どこからか着信音がした。藤崎さんがポケットからスマホを出す。電話らしい。

「綿貫さんだ。なんだろう、いつもはメッセージなのに、めずらしいな」

藤崎さんは立ちあがり、通話ボタンを押した。

「はい、藤崎です」

自分の机に戻っていく。莉子はタブレットに目を戻し、動画をチェックしはじめた。

「動画、どうするの？　西田さんにもお願いしてみる？」

「これはこれでいいと思うんだよね。西田さんも忙しいと思うし、それに」

そこまで言うと口に手をあて、思いっきりひそひそ声になった。

「これは絶対、指フェチの女子が熱狂するから」

え？　思わず絶句する。

藤崎さんの方をちらっと見ると、電話に集中している。こっちの話は聞こえてないみたいで、ほっとした。

「そういうこと？　ちょっとそれは……」

ついこっちもひそひそ声になる。

「なに言ってるの。アクセス数稼ぐためには……」

「えっ、そうなんですか？」

急に、藤崎さんの驚いたような声が聞こえた。その後は、はい、はい、とうなずきながら、じっと綿貫さんの話を聞いている。ときおり、いや、それは、とか、人には向き不向きがあって、とか、それにその日は、などと反論していて、かなり深刻な表情だ。

「なんだろうね」

ちょっと心配になって莉子と顔を見合わせる。

ややあって、藤崎さんが電話を切り、こちらを見た。

「ちょっと困ったことになった」

そう言って、息をつく。

「どうしたんですか？」

「西田さんが事故にあった」

「えっ、大丈夫なんですか？」

思わず立ちあがる。

「いや、接触した相手が自転車だから、命に別状はないんだが……。右手を骨折してしまったらしい」

「ええっ」

莉子とふたり、言葉を失った。

怪我は全治三週間。ギプスで固定しているので、水引結びの作業は無理らしい。

「じゃあ、どうするんですか？　ワークショップ、中止ですか？」

「いや、もうチケットは発券済みで、すでに何枚も売れてしまっている。いまから中止を出すと、キャンセルで払い戻しになるし、綿貫さんは中止したくないみたいだ」

「え、でも、どうするんですか？　西田さんが来られないんじゃ……？」

「さいわい、手以外は軽症で、会場に来ることに問題はない。講義もできる。西田さん自身、もう発券済みのイベントだから、お客さまのためにもなんとか開催したいと。それで、西田さんは講義のみ、ワークショップの指導は……」

藤崎さんが言い淀んだ。

「僕がおこなうのはどうか、と」

藤崎さんが……？　たしかに、あれだけうまければ……。

「そうですね、よかった、藤崎さんなら教えられますよね」

ほっと胸をなでおろす。告知の内容を少し変えなければならないが、ワークショップ自体はなんとかできそうだ。

「いや、それはちょっと……」

藤崎さんが言葉を濁す。

「僕は人にものを教えるのが下手なんだ。圧倒的に向いてない」

「そんな……。できますよ」

「いや、こればっかりは。人には向き不向きというものがあって……」

このセリフ、さっき電話でも言ってたな。そういうことだったのか。

「むかしからそうなんだ。人になにか教えようとすると、たいてい喧嘩《けんか》になる」

「喧嘩……」

「ついでに言うと、人からなにか教わるときもよく喧嘩になる」

それは、まずいよな。記念館に来たばかりのころを思い出す。大きな声では言えないが、たしかに藤崎さんは人にものを教えるのは向いてないかもしれない。優秀すぎて、ほかの人が「わからない」ということを理解できない。優秀な人によくある話だ。

まして、水引の手の動きは……。言葉で説明できるようなものじゃない。「できる」からと言って、「教えられる」とはかぎらない。

「それに、物理的にも無理なんだ。ワークショップが開かれる土曜日の方に結婚式がはいってしまったから……」

そういえばそうだった。ワークショップの日程が決まったあと、本社のえらい人の代理で結婚式への出席を頼まれたのだ。大事な取引先の社長の息子さんの式らしく、出ないわけにはいかない。ワークショップの方は綿貫さんもわたしもいるから、ということで、式に出ると返事をしてしまったのだ。

「もちろん、本社のなかでほかに代われる人がいないか探してはみるが、これはこれでだれでもいいというわけじゃないので」

藤崎さんが困り果てた顔になる。

「だから、いまのところ次善の策として、土曜は水引の指導を井上さんと吉野さんにお願いするしか……」

「え、わたしたち、ですか？」

さっと青ざめた。井上さんはだいぶ水引の経験があるみたいだし、なんとかなるのかもしれないが、わたしは……。

いや、だがしかし、そんなことを言っている場合では……。

「あのう……」

莉子がそろそろと手をあげた。

「なんだ？」

藤崎さんが莉子を見る。

「単なる思いつきなんですけど……」

莉子はそこで一度止まった。

「飯田のてるばあちゃんを呼ぶのはどうですか？」

「え、おばあちゃん？」

驚いて莉子の顔を見た。

「結婚式の件はよくわからないんですけど、やっぱり、館長や百花たちが教える、というのでは、イベントとしてちょっと弱いような気がするんです。お客さまは、西田さんが水引クリエイターだから参加しようと思ったわけで……」

その通りかもしれない。藤崎さんの腕はたしかだが、水引でのキャリアが知られてるわけじゃない。有料イベントだし、藤崎さんやわたしたちが教えるのでは、がっかりされてしまうかもしれない。

「その点、てるばあちゃんだったら、かつて職人さんだったわけじゃないですか。水引の里飯田からやって来た熟練工のおばあちゃんが指導します、って言ったら、なんか魅力的じゃないですか？」

藤崎さんは唖然《あぜん》としている。

「え、でも、ただのおばあちゃんだよ。水引には熟練してるけど、別に有名じゃないし、教室開いてるわけでも……」

そこまで言って、祖母が地元の学校などでときどき教えている、と言っていたのを思い出した。

「ときどき地元の小学校で教えたりはしてるみたいだけど……」

そう言い足して、もしかしたらいいのかもしれない、と思った。祖母から水引の結び方を教わったとき、すごくわかりやすかったのだ。水引の持ち方などのポイントを押さえていて、わたしも紫乃叔母《おば》さんも多津子伯母《おば》さんもすぐに結べるようになった。

「てるばあちゃんなら大丈夫だよ。ほかの人の気持ちを察するのもうまいし、全然おばあちゃんぽくないし。SNSだって、すごくいい感じで続けてるし」

そうなのだ。わたしが帰ったらやめちゃうだろうと思っていたけど、毎日ずっと投稿し続けていて、写真につけている一言もなんとも言えない味わいがある。見るたびにフォロワーも増えていた。

「問題は交通費と……てるばあちゃんが飯田から出てこられるか……」

「交通費は出しますよ」

即座に藤崎さんが言った。有料イベントで場所代はかからない。席が全部埋まれば、けっこう利益が出る予定だった。

「西田さんも吉野さんのお祖母《ばあ》さまと話してみたい、っておっしゃっていたし、むかしの話を聞きたい人もいるだろう。僕もちょっと聞いてみたい。健康上の問題がないのであれば、訊《き》いてみてもらえないだろうか」

藤崎さんがわたしを見た。

「わかりました。いま電話してみます」

少しでも早い方がいいだろう。そう思ってスマホを取り出す。

電話すると、祖母はすぐに出た。ワークショップのことや、講師の怪我のことなどを説明し、東京に来てワークショップの手伝いをしてくれないか、と訊いてみた。

——わたしでもできることなの？

「できる、どころか、おばあちゃんきてくれたら百人力だよ。いつも小学校とかで教えてる、って言ってたじゃない。それに、莉子がおばあちゃんならできる、って」

——莉子ちゃんが？　そうか、じゃあ、やってみようかな。

案外あっさり乗り気になってくれた。

「いいの？」

——講義はその有名な先生がしてくれるんだよね？　わたしは水引の結び方だけ教えればいいんでしょ？

「うん」

——まあ、ちょっと百花が働いてるところを見てみたい気もするし。

「忙しくない？　ほら、家の片づけとか……」

——そうなんだよ、もうたいへん。三月にはここ出なくちゃいけないでしょう？　だからもう荷造りはじまってて、多津子さんも毎日押し入れの中のものと格闘してる。でも、週末にちょこっと行くくらい、大丈夫。

「ほんと？」

——だって、困ってるんだろう？　結だよ、結。だれかが困ってるときは、自分のことをあとにしても助ける。行くよ。

祖母のおだやかな声を聞くと、なんだかほっとした。

「ありがとう。交通費は記念館で出すからね」

——そうなの？　悪いねえ。

祖母がのんびりと言う。くわしいことはあとで連絡するね、と言って電話を切った。

「大丈夫みたいです」

「よかった。こっちもいま綿貫さんに連絡した。西田さんからも、そういうことなら自分の講師料をまわしてください、って即座に返答があったそうだ」

「じゃあ、決まりですね。久しぶりにてるばあちゃんに会える。やった！」

莉子は妙にうれしそうだ。

「そしたら、告知の内容もちょっと変えなくちゃですね」

「そうだな。井上さんに頼んで、サイトに少し飯田の話も盛りこんでもらおう」

「じゃあ、わたし、文章まとめます」

「飯田で撮った写真もあるといいかも」

莉子に言われ、うなずいた。

6

家に帰ってから飯田の写真をまとめた。水引を結んでいる祖母の写真、飯田の家の居間でみんなで水引を結んでる写真、組子障子の前に飾られた水引のつるし飾り。

——だって、困ってるんだろう？　結だよ、結。だれかが困ってるときは、自分のことをあとにしても助ける。行くよ。

写真を見ながら祖母のやわらかな声を思い出し、心がぽかぽかした。飯田の家の人たちに確認を取り、写真をまとめて莉子に送る。

サイトやSNSでは、ワークショップの実作指導を祖母が行うことになった旨が記された。

莉子が提案した通り「水引の里飯田からやって来た熟練の達人が実作指導！」というコピーと、飯田の家で水引を結んでいる祖母の写真がアップされ、わたしも祖母や伯父《おじ》から聞いた話をもとに飯田の水引について簡単にまとめた文章を作った。

ワークショップの実作指導が西田さんではなくなったことでキャンセルが出たり、チケットの売り上げが落ちたりするのではないか、と心配したが、なぜか逆に売れ行きが伸び、チケットはまたたく間に完売になった。

祖母の写真を公開するようになってからサイトやSNSへのアクセス数も伸びていた。藤崎さんの水引結びの動画もかなり拡散されていて、コメント欄には外国語のものも数多く寄せられ、藤崎さんは、なんでこんなものが、と首をひねっていた。

ワークショップ前日の金曜日の夕方、祖母といっしょに遥香ちゃんがやってきた。今日明日と紫乃叔母さんの部屋に泊まるのだ。

「便乗して、今日は半休取っちゃった」

遥香ちゃんがえへへ、と笑う。でも、手にはふたり分の荷物を持っている。きっと祖母のことを心配してついて来たんだろう。

「土曜はこっちで久しぶりに友だちに会うことにしたんだ。でも、日曜はワークショップ申しこんだよ。記念館も見てみたいし」

紫乃叔母さんが帰ってきてから、部屋でみんなで食事した。いつもはせいぜい叔母と母とわたしの三人だから、椅子が足りず、わたしたちの部屋からエレベーターでひとつ運んだ。テーブルも五人分ならべるとかなりぎゅうぎゅうだ。

祖母や遥香ちゃんから、飯田の家の近況を聞いた。意外なことに、多津子伯母さんがすっかり水引にはまっていて、夕食のあとなど手が空くと祖母といっしょに水引を結んでいるのだそうだ。引っ越し作業のストレス解消かもね、と遥香ちゃんは笑った。

「それで、引っ越し準備の方はどうなってるの？」

叔母《おば》が訊いた。

「けっこうたいへんです。ふだん使ってるものは、季節はずれのものから母さんが計画的に詰めていってるし、みんなそれぞれ自分の荷物は少しずつ片づけていってるんですけど、問題は物入れのなか」

「ああ、あそこか……。あそこは魔窟《まくつ》だよねえ」

紫乃叔母さんがため息をつく。

「捨てるか迷ったものを片っ端から入れてたでしょう？　だからわけのわからないものがいっぱい詰まってて。この際、全部見ないで捨てちゃおう、って言ったんですけど」

遥香ちゃんがのんびりと言う。

「『見ないで』って、いくらなんでもそれは……」

叔母が笑った。

「だって、いちいち見てたら何日あっても足りないですよ。大むかしの家電なんて、絶対使い道ないですし」

遥香ちゃんが言い捨てる。

「まあ、家電はともかく、思い出深いものもあるでしょう？　崇くんや遥香ちゃんの小さいときのものとか」

母が訊いた。

「それもわたしたち本人から見たら別に……ってものばっかりで。小学校のときに作ったものとか、恥ずかしいだけですし」

「それでも、とっとける場所があるんなら、とっといた方がいいよ」

紫乃叔母さんが言った。

「そういうのって、ずっとあとになって見ると、いいなあ、ってなるから」

「ほんとですか？」

「ほんとだよお。わたしも何年か前にそっちに帰ったとき、自分の子どものころのアルバムを見つけて、ながめてるとやっぱりいいなあ、って。ふだんは忘れちゃってるけど、写真見るといろいろ思い出したりして」

「まあ、わたしだって若いころはそんなこと思わなかったから……。五十近くなってからの話か」

「五十ですか……。遠いなあ」

遥香ちゃんが力なく笑う。

「ああ、そういえば、冬海と紫乃のアルバムや卒業証書や通知表も出て来たよ」

祖母が言った。

「えっ、通知表……」

叔母の表情が固まる。

「どうする？　送ろうか？　それともこっちでとっとく？」

「ええと、それは……」

祖母の言葉に、叔母がもごもごと口ごもった。

「家もあたらしくなるわけだし、いつまでもそっちで保管しておいてもらうのも申し訳ないわよね。今度行ったとき、持って帰ってこようか」

母が言った。

「え、でも通知表は……いらない気も……」

叔母の答えは歯切れが悪い。

「なんで？」

「そうなんですか？」

「そりゃ、姉さんは成績良かったからいいけど、わたしは……」

「それも記念でしょ？　さっき言ってたじゃない」

母が笑った。

「でも、けっこう重いよ。どうせ宅配便で送るならいま送っても同じだし、こっちも荷物が減った方が助かる」

祖母が言った。

「じゃあ、送ってもらおうか。着払いで送ってもらえばいいんだから」

母が叔母を見る。

「そうだね。ああ、過去と直面する日がくるとは……」

叔母が大きく息をつく。

「最近じゃ、通知表ってプリントアウトされた紙みたいだし。ああいう、手書きの文字が入った通知表、貴重だよ」

母が叔母の肩を叩《たた》いた。

「そうか……。まあ、成績はともかく先生からの通信文とかもあったよね。なんかなつかしい気もしてきた」

叔母が苦笑いした。

「まあ、子どものころのものって、本人より親の方が思い入れあるのかもね」

母が笑う。

「そうなの？」

わたしは訊《き》いた。

「そうだよ。百花のものだって……。小さいころのものは全部わたしが名前書いてたでしょう？　見るとそのころの記憶がよみがえってきて、捨てられなくなる」

「あ、母もそんなこと言ってました。ふだんはてきぱき片づける母が、わたしたちが子どものころのものがはいった箱の前に座りこんで、長いこと箱のなか見てたりして……」

遥香ちゃんが宙を見あげた。

「水引にはまってるのもそのせいかもしれないなあ。水引結びながら、おばあちゃんとよく話してるし……」

「子ども時代も一度きりだけど、子育て時代も一度きりだからねえ。子ども何人かいても、たいてい全部つながってるでしょう？　みんなが大きくなったらおしまいで、もう二度と帰ってこない」

祖母が言った。

「わたしもむかしは人生ってずっと同じことのくりかえしだと思いこんでたんだよね。子ども産んでも、子どもが成長したらまたもとの自分に戻れるんだと思ってた。けど、ちがうんだよねえ。子どもがいないころの精神状態には戻れなくて、いつもどっかで子どものことが気になってるし、歳だってどんどん取るし……」

母が笑った。

「え〜、叔母さん、若いじゃないですか！」

遥香ちゃんが笑った。

「若くないんだよ。体力っていうより、心持ちが変わる。若いころはなんでもやりたいって思ってたけど、だんだんできることをきちんと、に変わってくるんだよねえ」

「それって、老けたってことじゃないの？」

叔母がからかった。

「そうじゃなくて、ひとつひとつの責任が重くなったんだろう？」

祖母が言った。

「若いころのあれもこれも、は、責任をともなわないからね。ほんとにやりはじめたら、ひとつのことをやり遂げるだけで大変。そのうち自分のことだけじゃなくて、まわりの面倒も見なくちゃならなくなる」

「そうか。ひとつのことをするにも、やらなくちゃならないことがたくさんある。それが全部見えるから……。経験を積めば積むほど大変になってくるところはあるよね」

叔母もうなずく。

——若いころはいつかは水引だけじゃなくて別の素材も、って思ってましたけど、ひとつを極めるだけでも大変なんだなあ、って。

西田さんもそんなことを言っていた。少しわかる。紙のことをひとつ知ると、その先にさらに大きなものが広がっている。全部を知ることなんかできないんじゃないか、と思う。

「そうですよねえ」

遥香ちゃんが言った。

「まだ社会人一年目ですけど、やっぱり大学のときとは考え方が変わりました。っていうか、大学時代はいったいなに考えてたんだろう、って思うことも多くて」

「そうなの？」

わたしが訊くと、遥香ちゃんは、うん、とうなずいた。

「仕事になると責任が生じるから、かな。ギアが変わったような感じで、見え方が全然ちがう」

そういうものなのか。わたしもそうなるのだろうか。早くそうなりたいような、変わってしまうのが怖いような……。

「みんな変わるよね。一回きりの人生で、ちょっとずつ変わってく。前のものは取り戻せないし、だんだん忘れていっちゃう。だから、子どものころのものを見るとはっとするのかもね」

叔母が息をついた。

食事が終わったあと、遥香ちゃんとふたりでわたしたちの部屋に椅子を戻しにいった。椅子を置いて叔母の部屋に戻る途中、ふと多津子伯母《おば》さんの話を思い出した。

「ねえ、遥香ちゃん」

「なに？」

「多津子伯母さんって、若いころなにになりたかったか、知ってる？」

わたしがそう訊くと、遥香ちゃんが立ち止まる。

「知ってる。学校の先生でしょ？」

前を見たまま言った。

「知ってたんだ」

「ううん。この前はじめて聞いた。お正月、百花ちゃんたちと話した、って言ってた」

遥香ちゃんは外廊下のフェンスにもたれ、空を見あげた。

「ちょっとびっくりしたんだよね。そんなこと全然知らなかったから」

そう言って息をついた。

「知らなかった。母さんになりたいものがあったなんて……」

「話したことなかったの？」

「うん。父さんも兄さんも知らなかったみたい」

「そうか……」

「わたしが東京の大学に行くとき、母さんともめた、って話したじゃない？　ほんとは大学院に進みたい、とか、人形劇関係の仕事をしたい、とか、百花ちゃんたちにはいろいろ相談したけど、大学進学のときのことがあったから母さんにはなにも話さなかった。

きっと反対するだろうな、と思って」

遥香ちゃんが東京にいたころ、何度か進路の話をしたことがあったのを思い出した。

「でも、飯田に帰って学校の先生になるって話したときは、なんだか母さんすごくうれしそうで……。わたしに飯田にいてほしいからだと思ってたけど、学校の先生、っていうのが自分の夢だったのもあったんだね。はじめてわかったよ」

多津子伯母さんのこと、わたしは全然わかっていなかったのかもしれないな、と思った。親戚《しんせき》で、子どものころから何度も会っているけれど、ほんとうのところはなにもわかっていない。大人というのは、子どもに対してはほんとうのことを話さないから。

「飯田に戻ったのを後悔したこともあったけどね。百花ちゃんにはわからないかもしれないけど、飯田にいたら東京みたいに自由にはできない。夢をあきらめた、負けた、みたいな気持ちになったこともあった。でも、先生も悪くないんだよ、これはほんとに本心で。子どもたちに人形劇も教えられるしね」

「そっか」

「人形劇のことを研究するより、子どもたちといっしょに人形劇を作ることの方が自分のやりたかったことだと思うようになった。それができるのは飯田だけだから」

遥香ちゃんは空を見あげ、大きく深呼吸した。

「ひとつを選ぶのって怖いよね。失敗したら、とか、もっといい道があったんじゃないか、とか、後悔するのが怖くて。大学にいたころは、いつまでも学生でいたい気がしてた。選ぶ前の自由を捨てたくなかった。でも、一年仕事をして、やっとほんとの人生がはじまった気がしてる」

「ほんとの人生……」

「いまはこの道を選んだことが誇りなんだ。全然カッコ良くないし、毎日疲れきってるし、平凡だし、小さいことしかできないかもしれないけど、自分で選んだことだから」

夜空を見つめる遥香ちゃんの横顔は、東京にいたころよりずっと大人びて見えた。

「もちろんいまだって選び直すことはできるけど……。一度に選べるのはひとつだけ。人生は一本道。そこを自分で歩いてる、って気がする。こればっかりは言葉では伝えられないなあ。でも、百花ちゃんもわかるよ。働き出したらね」

さっぱりした口調で言って、にこっと笑った。

翌日のワークショップは大盛況だった。藤崎さんはやはり結婚式に出席しなければならず、臨時で莉子にバイトを頼み、記念館入口の販売ブースに立ってもらった。井上さんとわたしが水引指導のサポート、綿貫さんが記録係だ。

ギプスは痛々しかったが、西田さん自身はいたって元気で、お話もとても面白かった。祖母の教え方もなかなかのものだった。説明の仕方も慣れたもので、ちょっと驚いてしまった。さすが、地元で教えているだけのことはある。

結び方だけでなく、要所要所にうまく結ぶためのワンポイントアドバイスがはいるので、なるほど、と声をあげている人もいた。西田さんも、てるさんは教えるのが上手ですね、わたしも見習います、と言っていた。

参加者から、なぜ水引のお仕事をされていたのですか、伝統文化に関心があったのですか、と質問されると、祖母は、ちがうの、そんな高尚なことじゃなくて、娘たちを東京の大学に行かせたい一心で、と答えていた。ビジネスですよ、ビジネス、と冗談めかして言うと、みんなどっと笑ったけれど、なぜか涙をにじませる人もいた。

日曜の最後の回には、遥香ちゃん、叔母《おば》、母もやってきた。みんな正規にチケットを買ってくれていた。そして、薫子さんも。遥香ちゃん、叔母、母はうしろの方の席に座り、薫子さんはいちばん前で西田さんと祖母の話をきらきらした目で聞いていた。

土曜日はサポートが井上さんとわたしだけだったので、かなり忙しかったのだが、今日は藤崎さんもいる。薫子さんも水引結びには慣れているようで、まわりの人に教えていた。みんな薫子さんが前社長夫人だということを知らないのだろうが、和気あいあいと楽しそうだった。

藤崎さんは母や叔母の近くに座り、上級者向きの相生結びを教えている。教本から外した「行」と「草」も、なにも見ずにすいすいと結んでいく。みんな藤崎さんの指先をじっと見つめ、叔母が、うまいわねえ、と感心したようにうなった。

藤崎さん、あんなのも結べるのか。やっぱりすごいなあ。考えたらこれまで専門家に手配するところしか見たことなかったけど、基本的なことはなんでもできるのかな。

もしかして、紙漉《かみす》きも……？　薫子さんが和紙の製造元の出身なんだから、できてもおかしくない。いや、まちがいなくできる。藤崎さんが器用に簀桁《すけた》を振るところが目に浮かんで、わけもなく頭がかあっとなった。

なぜかわからないが、なんだか猛烈に悔しい。こんなんじゃ、いつまでたっても藤崎さんにかなわないじゃないか。まだここで働きはじめてほんの数ヶ月。当然のことなのだが、地団駄を踏みたくなった。

ワークショップが終わり、記念館を閉めたあと、レクチャールームで西田さん、綿貫さん、井上さんとともに軽く打ちあげをした。井上さんと莉子と三人で髙島屋に買い出しに行き、食べ物や飲み物を机に置く。

薫子さんは祖母のとなりに座り、おたがいにむかしのことを話していた。スマホを取り出し、ＳＮＳの交換までしている。

「百花ちゃん、いいところで働いてるんだね」

遥香ちゃんが近くにやってきて言う。

「うん。みんないい人だし……」

「それだけじゃなくて、なんていうのかな……。ちゃんと働く目的がわかる、っていうか……。百花ちゃんに合ってると思うよ、ほんとに」

遥香ちゃんが笑った。

「あのふたり、なんか意気投合してるよね」

莉子もやってきて、薫子さんと祖母の方を見る。

「薫子さんとてるばあちゃんって、ちょっと通じるところがあるかもね」

莉子が小声で言う。

「通じる？」

遥香ちゃんが訊《き》き返す。

「立場はちがうけど、なんか若いじゃない？　柔軟、っていうか、あたらしいことを取り入れるのをためらわないし」

「たしかに……。そうかもね。おばあちゃん、ＳＮＳもすっかり覚えて、ひとりで操作してるし」

遥香ちゃんが祖母の方を見た。

「あ、わたしも見てるよ。いいよね、てるばあちゃんの写真。飯田の家の写真とか、見てると、なつかしい――ってなる」

「そっかあ。莉子ちゃんも一度来てるもんね」

遥香ちゃんが息をつき、目を伏せる。

「なに、どうしたの？」

遥香ちゃんの様子を見て、莉子が不思議そうな顔をした。

「ああ、莉子には言ってなかったね。あの家、建て替えるんだ」

わたしは横から言った。

「え、そうなの？」

「うん。老朽化しちゃってね。それでなくても冬は寒いし、たまに行くわたしたちにとっては素敵なんだけど、住んでる人にとっては厳しいから……」

「そっか。そうだよね。古い家はメンテも大変だし。ちょっとさびしいけど……」

莉子がつぶやく。

「いつ建て替えるの？」

「もうすぐ。全面建て替えだから、いったん仮の家に行くんだって。それでいまは引っ越し作業の真っ最中で、春には取り壊すらしい」

「えっ、そんなに早く？　じゃあ、この夏は……」

「うん。もうあの家はないってこと」

「そうなのか」

莉子が大きく息をつく。

「残念だなあ。そうとわかってれば、写真撮りに行ったのに」

莉子がぼやいた。

「ごめんねえ。でも急に話が進んだし、最初は建て替えるのがそんなにおおごとだと思ってなかったんだよね」

遥香ちゃんが顔をあげた。

「むしろ、あたらしい家になったら便利になるし、床暖房があって冬でもぽかぽか、お風呂《ふろ》もあたらしくなってミストサウナとか浴室乾燥機とかつくし、わたしの部屋も和室じゃなくなるし、いいことばっかり、って思ってた。いまの古い家じゃはずかしいけど、あたらしい家になったら東京の友だちも呼べるし、って……」

「そうか、住んでる人からしたらそうですよね」

莉子がうなずいた。

「でもさ、いざ取り壊す、ってなったら、ちょっとさびしくなってきちゃった」

遥香ちゃんが笑った。

「母さんも最初ははりきってたけど、いまはなんだかいろいろ思うところがあるみたい。家のなか見ながら、思い出を話したりするようになって……」

「てるばあちゃんは？」

莉子が心配そうに訊いた。

「おばあちゃんはね。お正月に百花たちが来るまでの方が落ちこんでた気がする。なんかそのとき吹っ切れたみたいで、いまは逆にわたしたちが湿っぽい空気になると笑い飛ばしてるよ」

「そうか、やっぱり強いなあ」

莉子がほっとしたように笑った。

「不便だと思ってたけど、あそこがわたしたちが育ってきた場所なんだよね。思い出もたくさんあるし。家がなくなったらいろんなこと忘れちゃうのかな、と思ったら……」

「忘れたりしないですよ」

　莉子が励ますように言う。

「この前、紫乃叔母さんが言ってたんだよね。一回きりの人生で、ちょっとずつ変わってく、前のものは取り戻せないし、だんだん忘れていっちゃう。だから、子どものころのものを見るとはっとするのかも、って」

「前のものは取り戻せない……。そうだね」

　莉子が小さくうなずく。

「大事なことは忘れない。いまはそう思うけどね。記憶の依《よ》り代《しろ》がなくなったら、その記憶にたどりつけなくなっちゃうのかも、って思った。もちろん、家はもう建て替えるって決めたし、それがいいことだってみんなわかってるんだけどね」

　遥香ちゃんが笑った。

「百花ちゃんが作ってくれた組子障子のカードも……。あれを見てはじめて、うちの障子ってきれいだったんだなあ、って気づいたんだ。おばあちゃんが毎日掃除してるのもあるけどね」

「たしかに、掃除するの大変そうですね」

　莉子が言った。そうなのだ。四角の格子とちがって、麻の葉模様だから枡の木が鋭角に交わる。その狭い角に埃《ほこり》がたまる。祖母が掃除するのを手伝って実感した。

「施工業者さんも、いまはああいうのなかなか作れるところがないって。全面に模様があるし、作るとすればかなり高くなるって言われたみたい」

「そうだよね」

莉子もうなずいた。

「家を建てたときからのものだから、祖母も父もだれが作ったものかとか、くわしいことは知らないみたい。祖父はもう死んじゃってるし……」

「なに話してるんですか？」

井上さんと西田さんがやってきた。

「いえ、ちょっと祖母の家の障子のことを……」

「あのきれいな組子の障子？　この前サイトの写真で見ました。素敵なお宅ですよね。いつかうかがいたいです」

西田さんが言った。

「いえ、実はあの家は……」

遥香ちゃんが建て替えのことを説明した。

「そうなんですか。でも惜しいですね。ああいう障子は貴重ですし。そういえば……」

西田さんが首をかしげた。

「むかしの襖《ふすま》や障子、ガラスなんかを扱ってるアンティーク建具のお店があるって聞いたことが……」

「アンティーク建具ですか？」

ギプスをはめて手が自由にならない西田さんに代わって、井上さんがスマホを取り出し、検索をはじめた。いくつか候補が出て、西田さんが、ここ、ここ、と言ってそのなかのひとつを選んだ。

アンティーク建具店のサイトが画面に映った。

「ほんとだ。こんな店があるんですね」

「知人がカフェをはじめるときに、こういうお店を使った、って言ってました。調度品だけアンティークを使っても、それっぽくならない。いまはもうこういう建具は作れないから、古いものをリユースするとか。たしか組子の建具も……」

サイト内検索を使うと、組子障子がいくつか出てきた。

「けっこうするんですね。売れれば需要がある、ってことか……」

遥香ちゃんが画面をじっと見た。

「そう考えるとちょっともったいない気もしてくるね」

顔をあげ、ははっと笑う。

「障子だけあたらしい家で再利用するという手もあるんじゃないですか」

莉子が言った。

「あたらしい家は和室ないんだよ。おばあちゃんももう膝《ひざ》が辛《つら》いし、和室は使いにくいかも、ってことになって、リビングの一部に畳スペースを作るだけ」

「そうなのか……じゃあ障子は必要ないですね」

「あれ、でも……」

サイトのメニュー画面に「リメイク」とあるのを見つけ、クリックしてみた。

「襖や障子をドアにリメイクしたりできるみたいだよ」

「そういえば友人もそんなことを言ってました。障子や襖を衝立に変えた、って……」

西田さんが言った。

「リサイズも可能みたい……。価格は応相談って書いてあるけど、こういうの使えばあの障子、残せるかも」

遥香ちゃんが目を輝かせた。

「帰ったらちょっと相談してみる」

「そうだね、一部だけでも残せたら……」

さっき遥香ちゃんの言っていた「記憶の依り代」という言葉を思い出す。障子が形を変えてそこに残れば、記憶の依り代になるかもしれない。

遠くから、叔母《おば》や母、祖母の笑い声が聞こえてきた。綿貫さんや薫子さんと談笑している。藤崎さんもめずらしく、少し微笑んでいた。

母や叔母はともかく祖母や遥香ちゃんまでここにいて、薫子さんや藤崎さん、綿貫さん、西田さんと出会って話している。なんだか不思議な気持ちだった。

結……。水引のおかげかな。

壁際に寄せた机の上には、わたしたちが作った水引がならんでいた。あわじ結び、梅結び、亀結び、五輪結び、松結びに相生結び。むずかしいのは薫子さんや藤崎さん、それから祖母が結んだのだろう。色とりどりでとてもきれいだ。

——だれかが生み出して、それをだれかが引き継いできてくれたからいまがある。それを引き継ぐのはたいへんなことだけど、自分のためにがんばるんじゃない、と思ったら、なんだか力が湧いてきたんです。これまで水引に携わってきた人たちがみんな自分のうしろについていてくれている気がして。

西田さんの言葉を思い出す。

そうだな、と思う。自分だけの力じゃない。つながってるから、できるんだ。水引の結び目を見ながら、いまここにこうして皆がいることの不思議をかみしめていた。

第三話　カラーインクと万年筆

1

二月の終わり、杉並区、千代田区、台東区、江東区の「物語ペーパー」ができあがり、各店におさめられていった。「文字箱」、「夜光」、「フクロウ書房」、「書肆モルン」、「海岸ブックス」、五店協力してＳＮＳで宣伝してくれたおかげで少しずつ情報が拡散されているようで、綿貫さんや小久保さんのところにいくつかほかの店からも問い合わせがあったらしい。

古書店を営む人たちは当然本にくわしい。最近の本だけでなく、むかしの本も知っている。父の本は新刊書店からは姿を消しているが、いまでも根強いファンがいて、けっこう売れているのだそうだ。

物語ペーパーの売れ行きも順調で、夜光やフクロウ書房、書肆モルンではそうした古いファンが興味を示して買っていき、若い層の多い海岸ブックスでは、父のことは知らないけれど蠟引《ろうび》きに惹《ひ》かれて手に取る人が多いみたいだった。

春休み中なので、休館日の月曜以外はわたしも毎日記念館に出て、受付に立った。記念館でも物語ペーパー全種類を取りそろえ、ほかの記念館グッズといっしょに受付の横の販売コーナーに置いた。

記念館のお客さまは和紙を見にきているから、物語ペーパーの紙そのものに興味を持つことが多かった。だからよく材料の紙の種類や蠟引き加工について訊《き》かれた。文字が活版印刷であることを説明すると、興味を持つ人もいた。

文章を読んでくれる人もいたので、父の『東京散歩』を非売品として販売コーナーの端に置いた。物語ペーパーを読んだあとに本を手に取り、ぱらぱらめくる人の姿も見受けられた。

　この本は買えないのですか、と訊かれたときは、版元でも品切れで新刊では手にはいらないことを説明し、文字箱のショップカードを渡すようにした。吉野雪彦が自分の父であることは口にしなかったが、お願いします、と念じながらカードを渡した。

「吉野さん、来週は月曜日の午後に記念館に来られないかな。代わりに別の曜日に休んでもらっていいから」

　三月はじめの水曜日。朝のミーティングで藤崎さんにそう言われた。月曜は記念館の休館日なので、バイトもいつもはお休みだ。

「はい、大丈夫です。でも、なぜですか？」

「来客があるんだ。綿貫さんからの紹介でね。モリノインクという万年筆のインクのメーカーの人がパッケージの相談に来る」

「インクのパッケージですか？」

「そうなんだよ。僕もよく知らなかったが、万年筆業界では最近カラーインクがブームになっていて、テレビ番組でも紹介されているみたいだ」

カラーインク……？　そういえば文具店で見たような……。

以前はよく意味もなく文具店に立ち寄り、長時間店内をめぐり歩いていたが、記念館のバイトをはじめてからは忙しくてなかなか行けない。だがカラーインクを見かけたことはある。万年筆コーナーの一角にきれいな色の小瓶がならんでいて、なんだろう、と思っていた。

「文字箱の井上さんはカラーインクにもくわしいそうで、今度文字箱でモリノインクのフェアを開くことになったらしい」

藤崎さんが言った。わたしよりずいぶん年上なのになんだかすごくかわいらしかった井上さんの笑顔を思い出す。なんとなく紙こもの市のお客さまと通じる雰囲気があったし、きっと紙もの好き、文具好きなんだろう、と思った。

「そこでインクとガラスペンのセットを販売する。いまはカラーインクブームにともなって、ガラスペンにも注目が集まっているそうで……」

「ガラスペンってなんですか？」

知らない言葉だ。それにさっきは万年筆のインクって言ってたような……。ちょっと混乱する。

「一種のつけペンだよ」

「ああ、古いことをよく知ってるね。最近のマンガ家はみんなデジタルで描いているものと思っていたが……」

藤崎さんが首をかしげる。

「いえ、そんなことないですよ。うちの大学のマンガ研究会もデジタル派が多いみたいですけどアナログにこだわってる人もいます。それに、大学祭とかイベントなんかではこう、お客さんの前で直筆で描かなくちゃいけないじゃないですか。そういうときはサインペンが多いみたいですけど……」

「吉野さん、くわしいんだね」

「マンガ研究会に友だちがいるんです。うちのサークルとコラボしたこともあって」

彼女はすでに即売イベントにも出店していて、イベント会場ではスケッチブックにイラストを頼まれることもあるから、サインペンで速く描く練習をしている、と言っていた。

「コラボか。そういえば、小冊子研究会でゆるキャラを描いてた子もいたよね」

「石井《いしい》さんですね。石井さんはデジタル派ですね。年の離れたお姉さんがデザイナーをしていて、小学生のころからイラストやデザイン用のソフトを使わせてもらっていたので、最初からデジタルだったんだそうです」

「小学生からデザインソフトか。新世代だなあ」

石井さんはウェブにもくわしくて、中学で投稿サイトへの投稿開始、高校にあがってからは自分のサイトを作っている。

乾《いぬい》くんは超短編ミステリという四百字以内のミステリを自分のブログでいくつも発表しているし、松下《まつした》さんもＳＮＳの短歌サークルで活躍している。今年の一年はみんなやたらと高スペックである。

「あ、すみません、それで、ガラスペンというのは……」

「ガラスペンというのは文字通りガラスでできたペンだよ。明治時代に日本で作られたものなんだ」

「えっ、日本の？」

ガラスだし、ペンだし、てっきり西洋のものかと思っていた。

「そう。日本の風鈴職人が開発したらしい」

「壊れやすそうですけど、金属のペン先よりいいところがあるんですか？」

「壊れやすいといっても、落としたりぶつけたりしなければ割れることはないからね。ガラスのペン先は金属のペン先にくらべてずっとインクのもちがいい。ものによっては一回インクをつけただけでハガキ一枚分くらいの文章を書けてしまう」

ハガキ一枚？　ちょっと驚いた。

「どうしてそんなにもつんですか？」

「ガラスの表面に溝があるんだよ。ケーキの上に絞り出した生クリームみたいな形っていえば伝わるかな」

「生クリームみたいな……あ、ええ、なんとなく」

　たしかに星形の口から絞り出された生クリームは、涙形の表面に筋ができて、先がとがっている。ああいう形ということか。

「細い溝があるから、インクに浸すと毛細管現象が起こる」

「細い管を浸すと液体が管をのぼっていくっていう……？」

　中学生のころ、理科の授業で習った気がする。

「そうそう。金属のつけペンにはそういう溝がない。だから少し描くたびにインクをつけ足さなければならない。でもガラスペンのペン先には縦に長い溝が八本はいっていて、かなりのインクを蓄えておけるんだ」

「それでハガキ一枚分の文章が書けるんですか？」

「うん。インクのつけ方とか文章の量にもよるけど。でもとにかくもちがいいし、書き味もなめらかなんだ。それで、日本で開発されたあとヨーロッパに渡り、世界じゅうに広まっていった」

　前に聞いた金唐紙の話を思い出し、明治期にはそうやって日本から世界に広がっていったものがたくさんあったんだな、と思った。

「万年筆みたいにずっと書き続けられるわけじゃないが、ガラスペンも一時期までは事務用の筆記具として使われていたんだよ。安価なボールペンが出まわるようになって、万年筆もガラスペンもみんな下火になった」

「そうなんですね」

文具好きだから、筆記具も気になる。きらきら光るインクのペンを見るとつい手に取ってしまう。でも万年筆は買ったことがない。すごく素敵だし、惹《ひ》かれるけれど、なにしろ高い。高級腕時計と同じで、わたしには縁がないものだと思っていた。

「でも、そのガラスペンになぜ注目が集まっているんですか？」

「それにはいくつか理由がある。実はむかしのガラスペンは、金属のペン先と同じように、ペン先だけのものだったんだ。それをペン軸にねじこんで使っていた。ところが平成のはじめごろペン先、ペン軸一体型のガラスペンが開発されたんだ。ペン先からペン軸まですべてガラスでできている。ガラス細工と同じように作るものだ」

ガラス細工なら、むかし叔母《おば》といっしょに体験したことがある。叔母の店で作品を扱っているガラス作家さんのアトリエを訪ね、付属の体験工房でガラス細工を作ったのだ。火で炙《あぶ》るとガラスはとろりと飴《あめ》のように溶ける。火の熱さと溶けたガラスのうつくしさがいまも心に残っていた。

「ガラス職人が腕を競って、ねじり模様を入れたり、色をつけたりするようになって、工芸品として見てもうつくしいペンができるようになった。ただ飾っておくだけでもじゅうぶん満足できるような。もちろんかなり高価なものもあるが、高級万年筆ほどは高くない」

ガラスペン。話を聞いているだけで素敵そう。どんなものか見てみたい。

「なにより大事なのが、カラーインクブームなんだよ。以前は万年筆のインクといえば、黒かブルーブラック、あとはせいぜい青くらい。でもいまは何百色も色がある」

「何百？」

「そう。各社こぞってカラーインクを出しているからね。海外のものまで含めると百の単位ではおさまらないかもしれない。ラメがはいっていたり、香りがついていたり、いろいろあるみたいで」

ラメ！　香り！　それに何百色もの色！　なんてことだ。そんなものが存在しているとは。いますぐ見たい！　使いたい！　これまでノーチェックだったことが悔やまれた。

「カラーインクの種類が増えたことで万年筆人気が高まったんだよ。カラーインクを使いたいために万年筆を買う人が増えたんだ。いまは買い求めやすい価格で使い心地のいい万年筆もたくさん出ているからね。かつてはインクカートリッジを入れ替えたりインクを補給したりする手間が面倒だという理由でみんな使い捨てのボールペンやサインペンに走ったわけだけど、カラーインクの登場で、インクを入れ替えられることがメリットに転じた」

「なるほど。いつでも好きな色のインクに変えられるってことですね」

色数が豊富なサインペンもあるが、何百まではいかない。何百と言ったらもうそれは絵の具並みじゃないか。

色のついた文字……。わたしの好きなコバルトブルーや深緑なんかもあるのかな。茶色系っていうのも魅力的。それで季節のお便りを書く。なんて魅惑的な……。

「だが、色を変えたくなったときはインクを入れ替えるしかない。そこでガラスペンの登場なんだ」

藤崎さんが言った。

「ガラスペンはつけペンだ。水で洗えばすぐ次の色を使える」

「なるほど！」

見ているだけで満足できるようなうつくしいガラスのペンで、いろいろな色のインクを使って自由に文字を書ける。すごい。うわあ、すごい。なにごとだ、それは。とにかくすごい。語彙《ごい》力がどんどん低下していく。

いますぐ文具店に行きたい！

「吉野さん」

藤崎さんの声にはっとする。

「いますぐ文具店に行きたい！って顔をしているが、そろそろ開館時間だし、とりあえず話を最後まで落ち着いて聞いてほしいんだが」

「あ、はい。すみません！」

うわ、ばれてた。あわてて姿勢を正す。

「ということで、月曜は綿貫さん、井上さんといっしょにモリノインクの人とコラボ相手のガラスペン作家がやってきて打ち合わせをする。そこに同席してもらいたいんだ」

「はいっ、わかりましたっ」

なんだか必要以上に気合いがはいってしまう。

「ガラスペン作家は野上《のがみ》さんといって、はじめはガラスでオブジェを作っていたが、ある時期からガラスペン専門になった人なんだそうだ。それだけに芸術的価値の高いペンを作るらしい」

「それは……高いんですよね？」

「そうだね。でも多くの人に手軽に手に取ってもらえるものを作りたい、という思いもあるらしく、今回のコラボでは初心者でも手に取れるようなラインを目指す、と決まったんだそうだ」

初心者でも手に取れるようなライン……。わたしでも手が届くだろうか。どんなものなんだろう。早く見てみたい。

「モリノインクはこれまでもカラーインクを発売していたらしいんだが、今回のコラボに向けて、特別な商品を作りたい、という意向があるみたいなんだ」

藤崎さんが言った。

「特別な、と言いますと？」

「最近は各社独特の名前をつけたインクのシリーズを展開していて、名前自体が人気の理由になっているらしい。ところがモリノのカラーインクはこれまで番号だけしかつけていなかった。だから今回は特色のある名前をつけて、ガラスペンのデザインともリンクさせ、パッケージにも凝りたい、と」

なるほど。雰囲気を重視してイメージアップ、ということか。

「うちに依頼するということは和紙で作るということなんでしょうか？」

「それも考えてるみたいだけど、それ以前に綿貫先輩も井上さんも、吉野さんの手腕に期待しているみたいなんだよ」

「わたしですか？」

びっくりして藤崎さんの顔を見返した。

「モリノの人に『shizuku』や『八十八夜』のパッケージを見せたら、こういうパッケージを見ただけで心躍るものを作りたい、って言われたらしくて。それでうちを紹介する、っていう流れになったみたいだ」

心躍る……？　言葉に詰まった。そんなことを期待されても果たしてできるかな。どちらもまぐれだった気がするが……。

「というわけで、月曜までに吉野さんもある程度ガラスペンやインクのことを予習しておいてもらいたい」

藤崎さんが引き出しを開け、冊子と小さなケースを取り出した。

「そのためには吉野さんにもインクとガラスペンの世界を体験してもらいたい、ということで、井上さんからこれを預かった」

差し出された冊子と小さなケースを手に取った。冊子の方は、ある会社のカラーインクの見本帳だ。ケースの方はファスナーつきで、メガネケースのような形だ。

「このケースは……？」

「開けてみればわかるよ」

ファスナーを開く。なかには透明なガラスのペンがゴムバンドで固定されていた。

「これがガラスペン……」

思わずため息が出た。先のとがったガラスのペン先が透明なガラスの軸からつながっている。横に小さなガラスのボトルも固定され、なかにあかるい青のインクがはいっていた。

「井上さんの私物だそうだ。まずはこれで試し書きをしてみてほしいって」

「え、でも、これ、ガラスなんですよね……？」

簡単に割れそうで、ちょっとびくつく。

「そうだよ。だから落としたりぶつけたりすれば割れる。でも、実際に使ってもらわないと魅力が伝わらないから、って貸してくれたんだ。小瓶にはモリノの青インクがはいっている」

ひえええ。これを使うのか……緊張する……。

「こちらの冊子も井上さんの私物で、カラーインクで有名な会社のカタログらしい。特色のある名前のついたシリーズの草分けなんだそうだ。インクの色の種類の多さもこれを見ればわかるだろうから、って」

手渡された冊子をぱらぱらめくる。

なんだ、これは……。万年筆のインクといって想像するような、青や黒だけじゃない。赤系、茶系、緑系、紫系、黄色系。絵の具のようにありとあらゆる色がならんでいる。色の洪水だ。

しかもそれぞれのインクに日本各地の地名と色を組み合わせた名前がついている。それがまた詩的で素敵なのだ。土地のイメージと色のイメージがあいまって、目の前に風景が広がっていくよう……。なるほど、特色のある名前とはこういうことなのか。

前に何百色もある色鉛筆の広告を見たのを思い出す。あれにも一本ずつ素敵な名前がついていて……。ほしかったなあ。とても高くて買えなかったけど。なんでだろう。色がたくさんあるだけでなんだかとても心が躍る。

「素敵ですねえ……」

もうため息しか出ない。

「ここだけじゃない。大手のインクメーカーからも名前のついたシリーズが出ているし、地方の文具店がご当地インクを出したり、個人でカラーインクを調合して販売する人もいる。みんなそれぞれ魅力のある名前をつけているようで、モリノの人も、どういう名前にすればいいのか悩んでいるらしい」

「そうなんですね……」

「それで、吉野さんの手腕に期待しているんだそうだ」

「ど、ど、どういうことですか」

「モリノの人が、これまでのうちの商品は名前もとてもいい、と思ったらしいよ。それで、名前のことも相談したいと」

「えええ……」

　そんなことできるのか？　ちょっと、というか、かなりひるんだ。いや、しかし、文字箱にはお世話になっているし、インクやガラスペンには興味がある。こんな素敵な仕事にかかわれるのだ。ここはがんばるしか……。

「まあ、ともかく試し書きしたり、ネットでほかの会社のインクを調べたりして、月曜までにある程度予習しておいてください」

「わかりました。明日《あした》はお休みをいただいていて、サークルのミーティングで大学に行くんです。その帰りに大きな文具店に寄って、様子を見てみます」

「そうだな。他社のパッケージもいろいろ見てきてくれ。大きな文具店ならガラスペンも置かれているかもしれないし」

　ほんとはいますぐ試し書きをしたいところだったが、もう開館時間だ。ほかの連絡事項を確認したあと、館長室を出て受付に立った。

2

家に戻るとすぐに自分の部屋に行き、机に向かった。カバンからガラスペンのケースを出し、机の上でそっと開ける。

記念館にいるあいだからずっと気になっていたのだ。お昼休みにも試してみたかったが、落ち着かない場所で開けるのが怖くて、結局家まで我慢した。

ケースのなかには、ガラスペン、インクのほかに箸置《はしお》きのようなものがはいっていて、ペン置きらしいと気づいた。中央は窪《くぼ》んでいるので、そこにペンを置けば転がっていくことがない。

井上さんの手書きのメモもはいっていた。その文字がびっくりするようなみかん色で、とんでもなくかわいかった。

インクはこのまま使えます。紙もどんなものでもＯＫ。ペン先を直接瓶に入れ、インクにつけてください。ふつうに書いていて折れたりすり減ったりするようなことはないので、安心してどんどん書いて大丈夫です！

気をつける点は・・・

・ペン先をインク瓶に浸すとき、底にあてないこと（折れることがあります）。

・インクがつきすぎたと思ったら、瓶の口の縁《へり》にそっとあてます（振ったりするとどこかにぶつかって割れることがあります）。
・使い終わったあとは、水できれいに洗って拭《ふ》く。
以上三点です！
ガラスペンは溝にインクを溜《た》めているので、書いていてかすれてきたら、ペンをまわしてみてくださいね！

みかん色のびっくりマークを見ていると、井上さんの色白で少しそばかすのある笑顔が目の前に浮かんでくるようだった。

これがカラーインクのパワー？　スマホのメッセージだったらなんでもない文章なのに、人柄がにじみ出てくる感じ……。

こんなみかん色のインクまであるのか。井上さんから借りたカタログもカバンから取り出し、ぱらぱらとめくる。

青系だけでもたくさんの色があり、グリーン、パープル、ブラウン、赤、ピンク、オレンジ、グレーなどなど、無数の色が紙の上に広がっている。青系はどれもきれいだし、ミントも気になる。ときめきしかない。

カタログばかり見ていても仕方がない。とにかく、試し書きしてみよう。なにに書けばいいのかな。どんな紙でもＯＫって書いてあるけど、とりあえず白い紙がいいよね。

いつも使っている白い紙のノートを開いた。

どきどきしながらインクの蓋《ふた》を開け、ペンをにぎる。ひんやりなめらかなさわりごこち。ガラスだから硬いのに、なぜかやわらかな印象だ。金属とも木ともちがう感触。

ペン先を小瓶のインクにつける。どのくらいつけたらいいのかわからず、とりあえずペン先の部分をとぷんと全部つけた。まっすぐ持ちあげる。結構ついたような気がしたが、粘性はないのでどろっとくっついてぽたぽた垂れる、ということはないみたいだ。

紙の上にペンの先端をつけ、くるくるっと線を書いてみた。最初ちょっと太い気がしたが、すぐにちょうど良くなった。

いったんペンをあげてから、長い線を一本引いた。

すうっと線がのびる。

え？

もう一本、線を引く。

な、ん、な、ん、だ、この書き心地の良さは……。

線を引くこと自体が気持ちよくて、何本も書いてしまう。

鉛筆ともボールペンともサインペンとも全然ちがう。なめらかで、ペン先から水が流れていくような感じ。描くスピードで紙の上に現れるインクの濃さが変わり、細いけれど、水彩絵の具のような濃淡ができる。

すごくいい。それになんだか……なつかしい。

なつかしい？　そう感じてからすぐ変だな、と思った。ガラスペンなんて、見るのもさわるのもこれがはじめてなのに。

文字を書いてみるとますますその感触に夢中になった。画が折れるところには少しインクの溜《た》まりができる。速く書けば細く、ゆっくり書くと濃く、太くなる。

インクのもちもたしかにいい。一度つけただけでかなり長いこと書いていられる。

いつのまにかノートのページがわけのわからない文字やイラストでいっぱいになった。書くこと自体が気持ちがいい。これはたしかに病みつきになる。ブームになっているわけが少しわかった気がした。

次の日はサークル活動で大学へ。春休み後の新入生勧誘のためのミーティングである。来年度はわたしたちが三年生。森沢《もりさわ》先輩や西園《にしぞの》先輩は就活があるから、莉子とわたしが仕切らなければならない。この前入学したと思っていたのに、もう三年。早いなあ、と思う。

去年、泉《いずみ》先輩が就活で悩んでいたのを思い出した。あのあと泉先輩の内定も出たし、今年の四年は家業を継ぐ真琴《まこと》先輩を含め、全員進路が決まって、あとは卒業式を待つばかり。三月の終わりにはサークルの歓送会も開く予定だ。

すでに会社説明会がはじまっているので、三年の森沢先輩たちは来ていない。西園先輩が就活……？　スーツ姿の西園先輩なんて想像できない。だが、いくら天然ゆるふわ系の西園先輩でもやっぱり卒業したらどこかで働くのだ。

莉子とわたし、一年の石井さん、乾くん、松下さん。西園先輩はふだんから来たり来なかったりだったから、減ったのは実質森沢先輩だけなのだけれど、これまでの活気は森沢先輩の勢いによるものだったのかもしれない、と思った。

今日ここに来るまではわたしたちだけでやっていけるのかちょっと不安だったが、莉子が抜群の仕切り力を発揮して、話をどんどん進めている。

乾くんが去年の新歓のときの資料を完璧《かんぺき》にシートにまとめて共有してくれているし、石井さんが新入部員勧誘チラシ、松下さんが勧誘イベントのプランの素案をきっちりまとめてくれて、えらく安泰な雰囲気である。

「ああ、もうとにかく僕としては、男子にはいって来てもらいたいっすよね!!」

乾くんがぼやく。たしかに森沢先輩たちがいなくなったいま、乾くんが白一点で、あとは全員女子である。

「そういう発言ってどうかな？　男子とか女子とか、関係ないでしょ？　トランスジェンダーの人だっているんだよ！」

石井さんが突っこむ。

「それはそうだけど……」

「性別はどうでもいいから、意欲ある優秀な人材に来てもらいたいよ」

石井さんの言葉に、乾くんはなにも答えられない。松下さんはとなりで笑いをこらえている。石井さんって、外見かわいいけど、強いよなあ、と思った。

ミーティングが終わると、次の予定があるらしく、乾くんは帰っていった。

「ねえ、百花。このあと用事ある？」

莉子が訊《き》いてきた。

「うーん、用事はないんだけど、ちょっと寄りたいところがあって……」

「寄りたいところ？　どこ？」

「文具店」

「なんだ、代わり映えしないなあ」

莉子が笑った。

「今日はちょっと記念館の用事で調べたいことがあるんだ。そうそう、これ、莉子にも見せようと思って持ってきてたんだけど」

わたしは井上さんのケースをカバンから取り出した。

「なにこれ？」

莉子が言うと、石井さんと松下さんも横からのぞきこんできた。ファスナーを開き、ケースを開く。

「あっ、ガラスペン」

松下さんが声をあげた。

「松下さん、知ってるの？」

「知ってます。憧《あこが》れてるんです、ガラスペン」

松下さんはじっとペンを見つめた。

「すごいね。これ、ほんとのガラス？」

莉子が訊いてくる。

「そうだよ」

「使えるの？」

「うん。使える。ちょっと書いてみようか」

わたしはカバンからノートを取り出し、机の上に置いた。インクの小瓶の蓋を開け、ガラスペンの先を浸す。瓶の口で少しインクを落とし、ノートにすうっと線を走らせた。

「うわあ、すごい、書ける」

莉子が目を見張る。

「きれいな線ですねえ」

石井さんも感心したように言った。

「描いてみたい。ちょっといい？」

莉子が言った。

「うん。でも借り物だから気をつけてね。ペン先は割れやすいから」

「わかった」

莉子は緊張した面持ちでペンを握り、すうっと線を引いた。

「気持ちいいねえ。書き心地がたまらない」

「そうなんですか？　わたしもいいですか？」

石井さんが交代し、ペンを握る。かわいいゆるキャラがいくつも紙の上に現れた。

「いいですね。もっとかりかりした感じかと思ったら、すごくなめらかです。サインペンのきゅうきゅうした感触はあんまり好きじゃないし、これ、いいかも」

石井さんがきらきらした目でペンを見る。

「松下さんも使ってみる？」

石井さんがペンを差し出す。

「いいんですか？」

松下さんが黒い瞳《ひとみ》でじっとわたしを見る。

「うん、もちろん」

松下さんがペンを握り、紙の上に文字を書いた。松下さんの「松」の字だ。達筆で惚《ほ》れ惚《ぼ》れしてしまう。

「素敵。やっぱりいいですね、ガラスペン」

松下さんがため息をつく。

「松下さん、どうしてガラスペンのこと知ってたの？」

「はい。実はわたし……『インク沼』にはまってて……」

松下さんが恥ずかしそうに言った。

「『インク沼』？　なにそれ」

石井さんが訊く。

「最近カラーインクが流行《はや》ってるの、知らない？　テレビなんかでもときどき取りあげられてるんだけど……。すごくいろいろな色があって、インク集めの喜びから抜け出せなくなることを『インク沼』って言うんだよ」

「インク……沼……。いまはいろんな沼があるんだなあ」

石井さんがつぶやくように言った。

「最初はカラーのインクを少しずつ増やしていくくらいなんだけど、深みにはまって、何百色も集めてしまう人もいるみたいで」

「何百色？　インクってそんなに色あるの？」

莉子が目を丸くした。

「あります。いまは国内外のいろんなメーカーがいろんなシリーズを出してますし」

松下さんがきりっと答える。

「インク沼っていう言葉ははじめて聞いたけど、実は今度文字箱でモリノインクっていうインクメーカーとガラスペン作家の人がコラボして、オリジナルのインクとペンを作るらしいんだ。それで記念館もその手伝いをすることになって……」

わたしは事情を説明した。

「え、モリノインク？　ほんとですか。きれいな色がたくさんあるメーカーで、通の間では有名ですよ。記念館はなにをするんですか？」

松下さんの目が輝く。

「たぶんパッケージを作ることになると思うんだけど……。その前にコラボ企画を固めるところから参加するみたいなんだ。だから、顔合わせのある月曜までにインクやペンについて予習してこいって言われて」

「そうなんですか。じゃあ、わたし案内しますよ。インクを置いてる店はだいたい知ってますし」

松下さんが言った。

「ほんと？　助かる。なんか思ったよりインクの世界が深そうで、どうしようかと思ってたんだ」

「そしたらみんなで文具店行こうよ。で、そのあとお茶しよ」

莉子が立ちあがった。

「ところで、さっき言ってた『インク沼』なんだけど……。具体的には沼にはまった人たちって、なにしてるの？」

駅に向かう道を歩きながら、松下さんに訊いた。

「そうですねえ。やっぱり日記や手紙に使う人が多いですよね。カラーインクを使うようになってから日記が続くようになった、っていう話もよく聞きます。あと、インク帳を作る人もいますね」

「インク帳？」

「ええ。インクの種類が増えてくると、どれがどの色だったかわからなくなってくるじゃないですか。だからノートに色の名前とかメーカーとか品番を書いて、自分の持ってるインクの見本帳を作るんです」

「なるほど……」

「あとは自分で調合をはじめる人もいますし、インクを使って好きな本の一文を書き写したコレクションを作ったり……」

「へええ。そういえばこの前のイベントできれいな色でサインしてる人いたなあ。あれもそうだったのかも」

石井さんがつぶやいた。

「インクの集め方も色々です。気になったものをどんどん買ってくタイプもいるし、どんどん買うんじゃなくて、いろんなイベントに行ってたくさん試して理想の一色を追求していく、っていう人とか、青系だけ集める、とか……」

「なんか、すごいね。『道を極める』って感じ」

石井さんが笑った。

「リップとかアイカラーとか化粧品もそうだけど、女性は色のバリエーションに敏感なのかもしれないね。何十色もはいったパレットを使う人とか、毎年新色を買う人とかもいるし」

莉子が言った。

「インク沼は女性にかぎらないんですよ。イベントに行くと男性もけっこういますし」

「そういえば、もともと万年筆にこだわっていたのは男性か」

「腕時計とかと同じで、男性のステイタスシンボルだった時代もあるみたいですよね。いまは高級万年筆売り場も男女問わずににぎわってます。でも、インク沼の住人は、万年筆自体は高級じゃなくてもいいっていう人が多くて。プラスチック製のカジュアルなものを使ってる人も多いかな。万年筆本体よりインクにお金かけてる……」

「そもそも松下さんはどうしてインクの世界にはまったの？」

わたしは訊《き》いた。

「わたし、短歌を作ってるじゃないですか」

松下さんが答える。松下さんはお母さんの影響で子どものころから短歌を作っている。高校時代に賞を取ったこともあり、いまもSNSの短歌サークルなどで活躍しているのだと聞いていた。

「子どものころはいつもノートに鉛筆で書いてたんです。その癖が抜けなくて、シャープペンシルを使うようになってからも、短歌を作るときはなぜかいつも鉛筆で。高校生になってからもそうだったんです。でもあるとき文具店でたまたま色インクと万年筆を見かけて。これで書いてみたい〜ってなって」

「買ったの？」

石井さんが訊いた。

「うん。衝動買い。プラスチック製の安いやつだけどね。インクは、自分の名前にはいってる『松』の字にちなんで、深緑のを選んだんだ。うちに帰ってから万年筆にインクを入れて、これまで作った自分の短歌を書いてみたら、すごく素敵で……。自分の歌なのにこんなこと言うの変なんだけど、二割増しに見えた」

松下さんがくすっと笑った。

「手紙に使ったり、歌会……あ、わたし、月一でオフラインの歌会にも出てるんです、そこで万年筆を使ったら、年配の方からも、同年代の人からも『松下さんらしい』『モダンで素敵な色』ってすごく褒められて」

「そういえば松下さん、講義でノート取るときも万年筆使ってたね。前に見かけたような……」

石井さんが宙を見あげた。

「そう。講義のノートはカラーインクじゃなくて、ふつうのブルーブラックに近い色を使ってる。それでも、万年筆ってめずらしいね、ってときどき言われる」

「松下さん、字、めちゃくちゃうまいもんね。万年筆に合う」

莉子が言った。

「そうですか？　子どものころから書道も習っていたのでそういう字なんです。でも、前は自分の字が嫌で……」

「え、どうして？　きれいなのに」

莉子が訊いた。

「ペン習字みたいな字でしょう？　まわりの子たちはみんなＪＫ文字っていうか……もっとかわいい字を書いてるのに、書道の癖でどうしてもそういう字が書けないんです。それで自分の字が古臭く見えて。でも、万年筆を使うようになったら、この字でよかった、と思えるようになったんですよ」

「自分を認められたってことか。いいことだね」

莉子がうなずく。

「でも、きちんとした字が書けない身としてはちょっと意外。あんな字が書けたら素敵だと思うけど」

石井さんが首をかしげた。石井さんの字は松下さん言うところのＪＫ文字で、それはそれでかわいくて魅力的なのだが。

「そうそう。きれいな字を見ると、これを書いたのはきっと素敵な人なんだろうなあ、って想像しちゃう」

莉子も言った。

そういえば、藤崎さんもまた字がきれいなのだ。記念館の書類はほとんどＰＣで作られているが、書類の隅に署名があるときや、手紙の宛名の文字を見ると、いつもおおおおっ、となる。字がきれいだと、育ちがいい、という印象を受ける。

「ですよねえ。わたしも最初に松下さんの書いた字を見たとき、何者？　ってなりましたもん。しかも、実際、松下さん、美少女ですし」

「え、そんなことないですけど……」

松下さんが困ったように首を横に振った。でも実際、美少女である。もう大学生だから少女というのも変かもしれない。でも、美女でも美人でもなく、美少女としかいいようがない。

さらさらロングの黒髪。睫毛《まつげ》の濃いぱっちりした目。整った顔立ち。すらっと背も高く、どこからどう見ても美少女である。

「それで『インク沼』に？」

松下さんが困っているようなので、わたしは話をもとに戻した。

「はい。わたしの場合は自分の歌を万年筆で書くことが中心なので、色数は大したことないんですが、それでも気になった色をちょいちょい買い足したり、友だちと分け合ったりしているので二十種類くらいは持っているかと……」

「二十種類？　すごいね」

石井さんが言う。

「全然すごくないよ。短歌で知り合ったインクマニアの人は百以上持ってるし、自分で調合もしてる、って言ってたし」

「すごいね」

「まあ、でもその人は社会人だから。しかも独身で実家暮らし。趣味にお金を使えるのをいいことにペンやインクにつぎこんでるみたい」

「うわあ、ほんとに沼だね。危険〜」

莉子が笑った。

「その人が少し前からガラスペンにはまってるんですよ。同時にいろいろな色を使いたいらしくて、これまでは万年筆を数本使ってたみたいなんですけど、やっぱり限界がある。その点ガラスペンはつけペンじゃないですか。だから、洗えばすぐに別の色を使える」

「なるほど。複数の色を同時に使うときには便利だね」

石井さんがうなずく。

「ワンポイントで別の色を使いたくなるときもあるし……。カジュアルな万年筆を何本も買うよりは、ガラスペンにした方がいいのかも、って」

「なあるほどねえ」

莉子がうなずいた。

「まあ、インクも持ってかなくちゃいけないから、持ち歩くのには不向きだよね。外に行くときは万年筆、家ではガラスペン、っていう感じ？」

石井さんが言った。

「そうそう。でも、いざ買おうとなると、ガラスペンもいろいろで。見た目もあるし、書き味もある。もちろんそんなに高いのは買えないけど、見るたびに迷っちゃって、なかなか買えないんですよ」

松下さんがため息をついた。

松下さんに率いられ、デパートのなかの文具店へ。大手の老舗《しにせ》文具店の支店で、わたしも大学の帰りにときどき立ち寄る。上質な品がそろっていて、店内を見ているだけでしあわせいっぱいになる夢の場所だ。

だが、万年筆コーナーは自分には無縁だと思って、これまであまり近づいたことがなかった。立派な万年筆がガラスケースのなかにずらりとならび、さらに壁際に鍵《かぎ》つきのガラスケースもあって、漆塗りの超高級万年筆が鎮座していた。

値札を見て驚愕《きょうがく》する。高級宝飾品なみのお値段！　蒔絵《まきえ》が施された漆工芸品だから当然ではあるが、これで字を書く、と思うと頭がくらくらした。莉子も石井さんも、うわあっ、と小さく声をあげている。

「先輩、そっちはちょっと……。わたしたちはこっちです」

松下さんが小声で言う。ついていくと、クリアなプラスチックのペン軸のカジュアルな万年筆や、カラーインクのならぶコーナーに出た。

「よかった、ここは現実的な値段だね」

莉子が笑う。

「わあ、ほんとにいろいろある。きれい……」

石井さんがささやいた。

「しかも、名前が素敵。なになに？　『天色《あまいろ》』に『月夜《つきよ》』、『紫式部《むらさきしきぶ》』……？　え、かわいい。ときめくぅ」

「こっちは輸入物みたいだけど、ボトルが素敵。うわー、このボトル、そのまま机に飾っておきたい」

石井さんも莉子も取り憑《つ》かれたようにインクを見ている。

たしかにシリーズでカラーインクを出しているメーカーが多く、シリーズごとにテーマがあり、各色に物語性のある詩的な名前がついている。

松下さんによると、井上さんから貸してもらったカタログのメーカーはやはり有名で、とても人気があるらしい。定番の色のほかにシーズンごとの限定色を発売し、すぐに完売になってしまうのだそうだ。

モリノインクの商品は置かれていなかった。松下さん曰《いわ》く、モリノも特徴的な色のインクが多く、マニアのあいだでは評価が高いが、名前が番号だけなので初心者にはとっつきにくい。かなり大きな店やペン関係のイベントでしか手にはいらないらしい。

となりのケースにはいくつかガラスペンも陳列されていて、それがまたうつくしかった。井上さんから貸してもらったのはシンプルで透明なガラスだったが、ここには軸にガラス工芸的な装飾が施されたものばかりならんでいる。色ガラスや金銀の粒が溶けこんで星空のようになっているもの、色ガラスがマーブルになっているもの、表面が複雑な螺《ら》旋《せん》模様になっているもの。ため息が漏れるほどうつくしい。立派なガラス工芸品だ。

月曜日記念館にやってくるガラスペン作家の作品もこんな感じなのだろうか。どんなペンなのだろう。こういうもののパッケージを作るってこと？　考えただけでどきどきしてくる。

「買おうかな」

石井さんの声がした。

「いままで使ったことなかったけど、万年筆って……いい」

見ると、石井さんの前の試し書き用のメモ用紙がカラーインクで描かれたゆるキャラでいっぱいになっている。

いままさに沼にはいろうとしている人の姿を見た気がした。

結局、莉子も石井さんも松下さんの勧めで、透明な軸のカジュアル万年筆を買うことにしたらしい。

はじめは子ども用として売り出されたこのシリーズは、スムーズな書き味で、コンバーターを使えばボトルインクを吸入することもできる。カラーインクを使いたい層には人気の商品らしい。軸が透明だから、何色のインクがはいっているか一目でわかるところもいい。

わたしもちょっとほしかったが、いまは井上さんから借りたガラスペンもあるし、買うなら万年筆かガラスペンか、というところから迷ってしまい、ペンはまた日を改めて選ぶことにした。

万年筆が決まったあとはインク選び。これもまたずいぶんと時間がかかった。試し書きがある商品を片っ端から試すが、なにしろ色が多いからどうやって選べばいいのかわからない。直感派の莉子でさえ、青系と決めたものの微妙な色のちがいに悩んで、なかなか決められずにいた。

結局、小瓶の三本セットというのがあったので、それをひとつ買って、莉子、石井さん、わたしで一本ずつ分けることになった。松下さんが、小分け用のボトルさえあればあとで少しずつ分けることもできる、自分のインクも分けますよ、と言ってくれて、ようやくなんとか三色に絞ることができた。

あかるめの青とセピア、それに赤っぽい紫。

レジに持っていって会計したときには、店にはいってから一時間近く経っていた。

そのあといつもの喫茶店に行き、莉子と石井さんは松下さんに教わって万年筆にインクを入れ、試し書きをした。わたしは井上さんのガラスペンを使って、三色のインクで文字を書いてみた。一色でも楽しかったが、色が増えると楽しさが増す。

莉子の万年筆も借りてみた。なめらかな書き味。紙にのびていくインクのあと。なぜかまた、なつかしい、と思った。

「これ、文字書いてるだけで楽しくなるよね。たしかにこれなら手紙書いたり、日記書いたりしたくなりそう」

莉子が言った。

「そうですね。わたしもアナログイラストに挑戦したくなりました」

石井さんが言った。

「そうそう、ボトルインクはペンにも使えるけど、筆で描いてもいいんだよ。ペンと筆でイラスト描いてる人もいるみたい」

松下さんがスマホで検索し、繊細なイラストやメイキング映像を見せてくれた。紙を水で濡《ぬ》らし、そこにペンでインクをのせると、色がさあっと紙の上に広がっていく。何色かのインクを使った絵は、水彩画のようなにじみもあってとてもうつくしかった。

「ふわあ、きれいだねえ」

石井さんがため息をつく。

「でしょう？　わたしは絵は描けませんけど、文字をカラーインクで書いた素敵な作品もいろいろあって……。そう考えると、やっぱりガラスペンもほしくなります。使ったら洗うだけ、っていうのはやっぱり魅力……」

松下さんが言った。

「これはたしかに沼だなあ。はまる人がいるのはわかる。なんていうか、いろいろ種類があって、名前やパッケージが素敵で、って、紅茶と通じるところもあるよね」

「わかります！」

莉子の言葉に石井さんが大きくうなずいた。

「さっき莉子先輩が言ってたメイク用品なんかもそうですけど。なんなんでしょうね、こういうのを集めたくなる感覚って……」

「インクを詰めるとか、面倒といえば面倒だけど、そこもまたこう……」

「なんかこう、掻《か》き立てられますよね〜」

ふたりともずぶずぶと沼にはまっていきそうな気配だった。

3

月曜日はお昼過ぎに記念館に到着。綿貫さんたちとのミーティングは二時からである。人数が多いのでレクチャールームで行うことになっていた。部屋を整え、ネットで調べた情報をもう一度ながめる。

松下さんたちと文具店に行ったあと、カラーインクを出している会社のウェブサイトを巡回し、インクの色やコンセプト、ボトルやパッケージについて調べた。

たしかに、これはすごい、と思った。

まず、インクの色がきれい。種類がたくさんある。名前が詩的でこれまた素敵。シリーズになっているから蒐集《しゅうしゅう》欲を誘う。

さらに瓶がうつくしい。世の中には、箱好き、缶好き、瓶好きという人種がいる。もちろんわたしも好きだ。メーカーによって瓶の形がちがい、どれも欲しくなる。

そして、ペンもうつくしい。比較的安価なものもあるから、気軽にはじめることができる。だが、万年筆もガラスペンも工芸品として素晴らしいものがたくさんあり、高みを目指すならどこまででもいける。

これは、深い沼だ。はいったらそう簡単に抜け出せない、おそろしい沼……。

そのとき藤崎さんの電話が鳴った。綿貫さんたちがビルの下に着いたらしい。今日は休館日なので、記念館の入口には鍵がかかっている。館長室を出て入口の鍵をあけ、エレベーターでやってくる綿貫さんたちを待った。

やがてエレベーターのドアが開き、綿貫さんと井上さん、男性ふたりが降りてきた。五十代くらいの黒ぶちの眼鏡をかけた人と、同年代で髪をうしろでひとつ結びにした人。ふたりともなんだか楽しそうに話していて、仕事とは思えない雰囲気だった。

「吉野さん、こんにちは。今日はお休みのところ、ありがとう」

綿貫さんが言った。

「いえ。わたしも楽しみにしてました。井上さん、ガラスペンを貸していただいてありがとうございました。すごく描き心地が良くて、インクにも興味が出てきました」

「やっぱり？　貸してよかったあ」

井上さんがにこにこ微笑むのを見ると、みかん色の文字を思い出した。

「今日はわざわざありがとうございます」

館長室から藤崎さんが出てきた。

「館長の藤崎です。よろしくお願いします」

ポケットから名刺を出し、男性ふたりに差し出す。

「これはこれは。噂には聞いてましたけど、若い館長さんですねえ。綿貫さんよりさらにお若い」

眼鏡の人は藤崎さんの名刺を受け取ると、ポケットから名刺入れを出し、わたしたちに自分の名刺を差し出す。

「モリノインクの関谷《せきや》って言います。今日はよろしくお願いします」

「ここでバイトしている吉野です。名刺はありませんが、よろしくお願いします」

深々とお辞儀する。

「僕も名刺は作ってないんですよ。ガラス工芸をしている野上です」

ひとつ結びの人がにこっと笑った。

「まずはこちらに……」

藤崎さんが先に立ち、レクチャールームに向かった。

「いい記念館ですねえ。うわあ、これが紙漉《かみす》きの道具……。めちゃくちゃかっこいいじゃないですか。ゆっくり見たくなりますねえ」

関谷さんはあちこちきょろきょろ見まわしている。なんだか気さくで、楽しげな人だ。

「今日は休館日ですし、あとでゆっくりご覧ください」

藤崎さんが答える。レクチャールームにはいり、席に着く。窓側の席に関谷さん、野上さん。向かい側に綿貫さんと井上さん。奥に藤崎さんとわたし。みんなが座ると、綿貫さんの説明がはじまった。

今回のフェアで発売するカラーインクは五、六色の予定で、それぞれ単品販売と、野上さんのガラスペンつきのセットを作る。和を意識したシリーズで、パッケージにも和紙を使いたい。だが、色の名前などの詳細はまだ決まっていない。

「うちのインクには番号しかついていなくて、まあそのストイックなところが好き、って言ってくれるお客さんもいるんですが、ふつうには素っ気ないというか、味気ないというか。いまはあちこちで気の利いた名前のついたシリーズが出ていて、やっぱり物語性っていうか、詩的な雰囲気があった方が話題になるなあ、と。それで、今回はうちの商品にもいま風の、小洒落《こじゃれ》た名前をつけてみようということになったんです」

関谷さんが張りのある声で言う。

「社に話したら、まあ、他社の商品が話題になっているのは知ってるんで、ぜひやってみてくれ、と言われたんですけど、なにしろボキャブラリーが足りない。わたしの想像力で浮かんでくるものと言ったら、昭和の歌謡曲のタイトルくらいで……」

「昭和の歌謡曲ですか？」

井上さんが怪訝《けげん》な顔をする。

「いや、わたしも子どものころは全然興味なかったんですよ。むしろ洋楽派で。でも、いま聞くとなかなか歌詞が深くて、泣けるんですよ。タイトルもいいんです。『ブルー・ライト・ヨコハマ』とか『みずいろの手紙』、『太陽がくれた季節』、『私鉄沿線』、『シクラメンのかほり』……。ほら、よくないですか。詩的だし。ほかにも……」

矢継ぎ早に歌謡曲のタイトルらしきものがならぶ。初対面なのにとばしてくるなあ。

「そりゃ、歌だからね。詩的だろうけどさ。でも、僕たちの世代以上じゃないとわからないんじゃないの？」

野上さんが横から突っこむ。

「そうなんですよねえ。社の若い人からもおんなじことを言われて。で、いろいろ自分なりに調べて、なんかもっと世代的に広がりのある普遍的なものを、と思ったんですが、そうするとほかにもあるようなものしか思いつかなくて。と言って、オリジナルでかっこいい名前をつけるほど言葉のセンスもないし」

関谷さんがしゃべり続ける。なんだかおもしろい人だな。母や叔母《おば》より少し年上みたいだけど、パワフルで我が道を行く感じ。野上さんの方は芸術家らしく飄々《ひょうひょう》とした雰囲気だ。

「すでにいろいろなシリーズがありますから、普遍的な言葉でかぶらないようにするのはけっこうむずかしそうですね」

綿貫さんが言った。

「でしょう？　しかもやたらと和のイメージのものが多くて」

「じゃあ、和のイメージじゃなくてもいいんじゃないですか？」

井上さんが訊《き》いた。

「いや、和のイメージっていうのは、社長の意向だから外せないんですよ。他社のパッケージを見せたら、ここは漢字で行こう、って言い出して。必ずしもこてこての和風じゃなくてもいいんですけど、パッケージに印刷したとき、細めの明朝体だと上品な感じになるから、って。まあ、正直単に社長の趣味のような気もするんですが」

「そうなんですね。つまり、漢字を使っていればいい、ってことですか……」

綿貫さんが考えはじめた。

「とにかく、このネーミングが決まらないとインクの調合もできないし、パッケージのイメージも決まらないし……」

「僕のガラスペンの制作もね。どんな名前になるかわからないとどうにも」

野上さんがぼやく。

「じゃあ、惑星の名前とかどうですか？　和じゃないけど、漢字です」

井上さんが提案した。

「惑星？」

関谷さんが目を見開く。

「惑星っていうか、太陽系の星ですね。太陽、地球、月と惑星で、全部で十あります」

「はああ、なるほど。え、でも、太陽と月合わせたら十一じゃないですか？　水金地火木土天海冥《めい》、でしょ？」

関谷さんが指を折る。

「冥王星《めいおうせい》はもう惑星じゃないですよ」

横から野上さんがささやく。

「あ、そっか。ついむかしの記憶で。だとしたら十。惑星かあ。たしかにお洒落なイメージありますね。色は……」

「ぱっと思いつくところだと、太陽がオレンジ系で、金星は黄色系、火星は赤、土星は茶色、海王星は水色系といったところでしょうか」

「なるほど。できないことはないですねえ。でも、十より上に増やせないというのは……」

「衛星や小惑星を入れるという手もありますよ。有名な衛星もあるじゃないですか、イオ、ガニメデ、エウロパとか」

「イオ？　ガニメデ？　うーん、それはちょっとマニアックなんじゃ……カタカナだし……」

関谷さんが首をひねる。

「硬質な感じがして悪くないけど、僕としてはもうちょっと温度感があるものがいいような気がするなあ。ガラス細工と天体は相性はいいんだけど、わりとあるような気がして。そうじゃない組み合わせがいいような」

野上さんが天井を見あげながら言った。

温度感……。さすが芸術家は言うことがちがう。

「百人一首とかはどうですか？」

綿貫さんが言った。

「それなら百あるし、日本人なら馴染《なじ》みがあるでしょう」

「そうですね、それぞれ色のイメージもありますし、温度感もあります」

井上さんがうなずく。

「けど、名前はどうします？　歌を全部名前にするわけにはいかないし、作者名ですか？　紫式部とか清少納言《せいしょうなごん》とかの姫はいいですけど、坊主はどうします？　蝉丸《せみまる》とかなんとか法師とか、渋すぎませんか？」

関谷さんが言った。

「蝉丸は坊主じゃなかった気がするけど」

野上さんが笑った。

「え、そうなの？　坊主めくりでは蝉丸も坊主にはいってた気が……。あ、すみません、これはどうでもよかったですね」

関谷さんの言葉にみんな思わず笑った。

「まったく、関谷さんは相変わらずだなあ」

ぼそっと野上さんが言った。

「相変わらず、ということは、関谷さんと野上さんは古くからのつきあいなんですか？」

綿貫さんが訊いた。

「そうなんですよ。実は大学時代の同期で」

「え、大学の？」

井上さんが目を丸くした。

「いやあ、当時は洋楽部っていうサークルにいまして。部って言っても、ただおんぼろ部室で音楽聴いてるだけで、部員も実質わたしたちふたりだけみたいなもんだったんですけどね。美大で、野上さんは工芸科で、わたしはデザイン科だったんですけど、妙に気が合って、いつかいっしょになにか作りたいね、なんて話しているうちに卒業しちゃって、わたしはいまの会社に就職、野上さんは海外に留学しちゃって、それっきりになってたんですよ」

関谷さんがなつかしそうに語った。

「で、わたしは最初、営業の部署にいたんですけど、筆記用具が好きだったんですね。とくに万年筆が。それで自分でインクの調合を学んだりして、営業のときに得意先にオリジナルインクをプレゼントしたりしているうちに、なんか評判がいいぞ、ってことで、カラーインクの部署を作ることになって。まあ、部署って言っても所属はわたしひとりだったんですが。そうなると、まあ、他社のインクも気になるじゃないですか。それで、インクやペン関係のイベントに出るようになって……その会場で偶然、野上さんと再会したんですよ」

「ええっ、そんなことが！」

「野上さんは最初はガラス工芸作家としてやってたんだけど、いろいろあってガラスペンの制作をはじめたらしくて……」

「最初はそんなに深い意味はなかったんですよ。作品をよく買ってくれる方に頼まれて、作ってみようか、と。その人は装飾品のつもりだったから、書き味にはこだわらない、って言ってたんですけどね。一本作ってみたら、ほかにも欲しいっていう人が現れた。何本か作るうちにだんだんおもしろくなってきて。はじめは実用性なんて関係ない、装飾性重視のペンばかり作ってたんですけど、人の作ったガラスペンで書いてみて、こんなに書き味がいいのか、って思ったら、なんだか悔しくなって……」

野上さんがにやっと笑った。

「それで書き味を追求するうちに、ガラスペン専業みたいになってた。で、いつのまにかガラスペン作家としてそのイベントに出店していた、という……」

「そんな偶然があるんですねえ」

綿貫さんが言った。

「でも、綿貫さんと藤崎さんもそうですよね」

井上さんが言った。

「たしかに。大学時代はこんな形でコラボすることになるなんて思ってなかったな」

「おふたりも大学時代の友だちなんですか？」

関谷さんが綿貫さんに訊いた。

「ええ、僕たちは同期じゃなくて、同じゼミの先輩後輩ですけど」

「なるほど。そうだったんですね。まあ、とにかく、いまこれだけ近い業界にいるんだし、ちょうど流れもきてるし、ってことで、いまこそコラボしよう、って盛りあがって。それでこういう企画になったんです」

関谷さんは楽しそうに語った。

「いやあ、でも、気の利いたネーミングのシリーズを作ろう、と決まったところまではよかったんですけど、肝心のアイディアが……」

「こういうのはむずかしいですよね。ほかの二番煎《せん》じはまずいけど、間口が狭いのもよくないし」

野上さんが言った。

「そうですね。だれでも知っていて、色のイメージと結びつきやすくて、雰囲気のいい言葉……」

綿貫さんが腕組みする。

井上さんによれば、日本の伝統の色の名前を使ったものや、季節の風景に結びつけたものなどももうすでにあるらしい。

「あああ、やっぱりむずかしいなあ」

関谷さんがため息をつき、椅子の背にもたれた。

「吉野さん、どうですか？」

綿貫さんがこっちを見る。

「そうですね……」

うわあ、どうしよう。あせる。まだなにも思いついてない。

和のイメージ、統一感を持った名前である程度の数がそろっていて……。

「月の異名とかはどうでしょうか」

ここに来る前に考えていたことを思い出し、苦しまぎれに口にする。言ってしまってすぐ、ちょっと弱いかな、と思った。

「睦月《むつき》、如月《きさらぎ》、弥生《やよい》、とかですよね？　それはまだなかったかもしれません」

井上さんがわたしを見た。

「けど、それだと十二で終わってしまいますよね」

間髪を容《い》れず、関谷さんが言った。

「十二個限定ならありだと思いますけど、評判が良くてもっと作ろうってなったときのことを考えると……」

「さっきの惑星といっしょですね」

井上さんがうなずいた。

「いや、それに、ちょっと平凡な気がしませんか？　たしかに字面的にはきれいかもしれませんが、日本の伝統色や季節の言葉を使ったシリーズはもうあるわけですし、なんとなく似たような感じになってしまうような」

関谷さんはにこやかな表情だがなかなか手厳しい。歯に衣《きぬ》着せない物言いだ。平凡、と言われて少し凹《へこ》む。藤崎さんの渋い表情が目にはいり、ここで引きさがるわけにはいかない、と思った。

「それだったらさっきの惑星の方が面白い気がしましたねえ。衛星だの小惑星だのになるとわからないですけど、アンドロメダとか、すばるとか、シリウスとか、太陽系外の有名な天体にすれば……。ただ、色のイメージが偏ってしまうかな」

「では、漢字一字、というのはどうですか？　人気のある、イメージがふくらむ文字ってありますよね。海とか星とか風とか夜とか……」

「一文字っていうのも、まだなかったかもしれませんね」

井上さんがうなずく。

「でも、一文字だと弱い気がしませんか？　感性が豊かな人はびびっとくるのかもしれないですけど、一般的にはいまひとつ印象に残らない、っていうか。セットになれば別かもしれませんけど、一色で見るとキャラが立ちにくいような……」

関谷さんが首をひねる。

「僕はけっこういいと思ったけどな。作る側からするとイメージがふくらむし」

野上さんが言った。

「そうですか。野上さんがいいと思うなら、とりあえず候補にしておきましょうか」

関谷さんが手元の手帳にメモを取る。だがあまりピンときていない様子だ。

どうしよう。考えれば考えるほど頭が真っ白になる。せっかく期待してもらったのに、ぱっとした案を出せない。

その後もいくつか案が出たが、結局決定的なものは見つからなかった。

「今日集まってすぐに、というわけにはいかないかもしれませんね。ここは二、三日寝かせてみてはどうでしょう。思いついたらメールなどでやりとりするというのは」

藤崎さんが言った。

「まあ、そうですね。我々も散々考えて結局見つかってないわけですから、今日すぐに、って言われてもなかなか出ませんよねえ。そしたら、ちょっと時間をおきましょう。いい案が浮かんだら送ってください」

関谷さんの言葉で会議は終了した。

なにも思いつかなかった。みんながレクチャールームを出ていくのを呆然《ぼうぜん》と見送り、肩を落とした。みんな藤崎さんの案内で記念館を見学している。わたしもうしろからついていったけど、凹んでしまってなにも頭にはいってこなかった。

4

「あの……」

関谷さんと野上さんが記念館を出たあと、綿貫さんと井上さんに声をかけた。

「すみません、結局いい案を思いつかなくて……」

言いにくかったが、なんとか声を絞り出す。

「吉野さん、気にしてたんですか？　大丈夫ですよ、こういうのはそんなに簡単に思いつくものじゃないと思いますし。わたしたちの案だって、全部通らなかったわけですから」

井上さんが励ますように言ってくれた。でも、ほんとうはああいうときにバシッと気の利いたアイディアを出さないとダメなんだ。全然期待に応《こた》えられなかった。

「アイディアってむずかしいよね。雲をつかむような話だし」

綿貫さんが笑う。

「そうですよ。こういうのって、考えても考えても全然思いつかなくて、お風呂《ふろ》のなかでほっと息をついたときなんかに浮かんできたりするんですよ」

井上さんも笑顔で言った。でも、わたしを元気づけるために無理しているように見える。

「そうでしょうか……」

「しかし、その場合も、思いつく前の『考えても考えても』ってところが大事だね」

藤崎さんの声がした。ひんやりした口調で、いつものように無表情だ。

「ほっとしたときに出てくる、と言っても、それはそれまでに考えていたことが結晶化するということで、考えていなければなにも浮かばない」

例によって、藤崎さんは厳しい。綿貫さんも井上さんもぐっと黙った。

「綿貫さんも言った通り、アイディア出しは雲をつかむような話だ。すぐれたアイディアを出す人たちは、一見手ぶらだが、実は頭のなかに自分の知っているものを広げて、それを組み合わせたり、つなげたりしているんじゃないかな。才能もあるだろうが、訓練も必要だ。一朝一夕にできることじゃない」

一朝一夕にできることじゃない。つまり、なんとなくできると思っていた自分が甘かった、ということか。その通りだ。うつむき、唇を噛《か》んだ。

「ここまでのところ、アドバイス料をもらってるわけじゃない。思いつかないなら思いつかないで、別に問題はないんだ。だがこの仕事をしたいなら、アイディアを出す必要がある。しかも早いうちに。僕は二、三日、と言った。関谷さんもそれで了承した。妥当な日数だと思ったんだろう。だからそれより早く出せば、早いと思ってもらえる」

「ということは、明日《あした》か明後日《あさって》……？」

井上さんが言った。

「別に吉野さんだけに押しつける気はないよ。もちろん僕も考える。が、とにかく、今日明日が勝負だ。関谷さんという人は軽い雰囲気だが、実は切れ者だと僕は思う。論理的ではないが、直観にすぐれたタイプだ。ああいう人を納得させるのはむずかしい。論理派は論理で押せばいいけど、直観派は考え方の道筋が読めない。それでいて本質を捉《とら》えている。その本質にぴたっと沿ったものでないと動かない」

わたしの気持ちと関係なしに、藤崎さんはどんどんハードルをあげていく。今日明日？　論理でなく直観？　本質にぴたっと沿う？　言葉の意味はわかるがどうしたら実現できるのか、見当もつかない。

「とにかく、いまこれ以上いたずらに話しても時間の無駄だ。今晩は寝かせよう。ただし、吉野さんは明日までに十は案出しすることを目指してください」

「十、ですか」

そんなに思いつくだろうか。いま頭真っ白なのに。絶望的な気持ちになる。

「明日開館前に案を出してください。僕の方でも考えて、閉館後相談しましょう」

「わかりました」

それで解散になった。井上さんが同情するような目でこちらを見ているのがわかった。

記念館を出て、地下鉄の駅に向かった。

明日までに十？ そんなに思いつくわけない。だいたいなんでわたしが……。わたしは単なるバイトで、プランナーじゃないんだ。できるわけないじゃないか。なんだか少し腹も立ってくる。

電車がやってくる。まだ早い時間帯なので、座ることができた。

もう、やめだやめだ。考えたって仕方ない。情けないし悔しいけど、所詮《しょせん》わたしはバイトで、まだ大学生で、そんな力はなかったってこと。ふてくされて目を閉じる。

そういえば二十四節気ってあったなあ。あれもきれいな漢字が多かった。清明、白露、穀雨、雨水……。でももう季節の言葉を使ったシリーズがあるんだっけ。

だめだだめだ。いつのまにかまたインクの名前のことを考えている。はっと目を開き、ため息をついた。

二十四節気、七十二候。こういうのは全部これまであるものと雰囲気が似てる。そういうんじゃないもの。それにいろいろな色を想起させなくちゃいけない。

そう考えると、例の地名のシリーズはすごく良くできてる。そういう鉱脈、どっかにないかなあ。

いろんな種類があるもの……。鉱物はどうだろう？ カタカナが多くなっちゃうけど、色はけっこうあるだろう。でも、スピリチュアル系っぽくなっちゃうかな。動物……はちがうよなあ。色のバリエーションがあんまりないし、ロマンチックじゃない。海の生き物？ サンゴとか熱帯魚は色あざやかだけど、これもまた好き嫌いがあるような。鳥はどうだろう。哺乳類《ほにゅうるい》とちがって鳥はけっこうカラフルだし。カバンからスマホを取り出し、鳥の名前を検索する。ツバメ、スズメ、メジロ、ジョウビタキ、コマドリ、ルリビタキ……身近な野鳥でもけっこうカラフルだ。だが、スマホのメモに入力してみると、なんだかぴったり来ない。

クマとかリスという名前のインクを買いたいか、と言われると疑問である。それと同じように、いくら色がきれいでも、メジロやルリビタキもなんかちがう気がする。毛や羽毛の生えた生き物はインクと相性が良くないのかもしれない。

植物？　藍色《あいいろ》とか桃色みたいに色にはよく植物の名前が使われている。こっちの方がきっと馴染《なじ》む。そういえば、前に紙こもの市で買った活版印刷のカードで万葉植物園をテーマにしたものがあった。

万葉集で歌われている植物を集めた植物園。萩《はぎ》やツキクサ、カキツハタ……。多色刷りのイラストといっしょに万葉集で使われている古名の文字が活字で印刷されていて、とてもきれいだった。

万葉植物園のインクシリーズはどうだろう。花にはいろいろな色がある。花のイラストと植物名を印刷すれば素敵な箱ができそう。

検索して調べると、あかね、あぢさゐ、かきつはた、かたかご、くれなゐ、つつじ、はぎ、ふじ、やまぶき、わすれぐさ……色の種類もけっこう豊富だ。これならいけるかも。

スマホのメモから「鳥の名前」を消し、「万葉植物園」と入力した。これでようやくひとつ。はあ、と息をついて窓の外を見た。いまどこだろう。ドアの上の表示を見あげる。

次は高輪台《たかなわだい》。

高輪台？ えーと、高輪台ってどこだっけ？ いつもそんな駅通ってた？

もしかして、乗り越してる？

あわてて立ちあがり、路線図を見た。いつもは三田《みた》で都営三田線に乗り換えるのだ。三田、泉岳寺《せんがくじ》、高輪台……。やっぱり乗り越してる。次の五反田《ごたんだ》から山手線に乗るという手もあるが電車賃もかかるし、おとなしく高輪台で降りて、三田まで戻ることにした。

三田から奥沢までは直通で、乗り換えはない。座ることもできたので、またアイディアを考えはじめる。

植物以外で色と結びつきやすいもの。種類がたくさんあるもの。和紙にも色のついたものはあるけど、日本の伝統色の名前を使ってるところが多い。

もういっそ、詩的な言葉を自分たちで作るとかでもいいのでは……？ でもそれって危険だよね。センスが問われる。だいたいそんなのだれが作るんだ？ 関谷さん、綿貫さん、藤崎さん、井上さん……それからわたし？ 無理か。うつむいて首を横に振る。

ぼんやり見あげると、車内広告が目にはいった。「うるわしの台湾」。旅行ガイドの広告で、台湾の風景や色あざやかな雑貨の写真が載っている。やっぱり土地って色のイメージに結びつきやすい。つくづく地名のシリーズって絶妙だよなあ、と思う。けどたとえ海外でも地名ものは二番煎《せん》じでダメだよねえ。

うるわし。はっとする。この言葉もきれいだ。具体的な色は指してないけど、もしかしたらそういう言葉で「どんな色だろう」って想像させるのもいいかも。

　そういえば、shizukuの製品は名前も素敵だった。わたしがかかわった「garden diary」のシリーズ以外のものも「記憶」とか「揺れる」とか「ささやき」とか、抽象的な言葉だけどイメージがふくらむし、アクセサリーの雰囲気とも合ってた。

　古語の形容詞っていいのかも。「うるはし」だけじゃなくて、「かぐはし」とか「かそけし」とか「いとほし」とか。それとも形容動詞の語幹の方がいいかな。「あはれ」「きよら」「きららか」「のどやか」「はれらか」「ほのか」……。

　漢字じゃなくてひらがなの方が多くなりそうだけど、うまくデザインすればこれもいけるかも。スマホのメモに「古語の形容詞、形容動詞」と入力する。これでふたつ。

　電車が奥沢に着き、家に帰る途中の道でも、まわりを見ながらいろいろ考えた。オリジナルの詩的な言葉は危険だが、有名な詩の一節というのもありだな、と思った。

　たとえば西脇順三郎《にしわきじゅんざぶろう》の「雨」。高校で習ったときにすごく印象に残って、いまでも忘れられない詩だ。あの詩のなかから選ぶとしたら、「女神の行列」とか……？　馴染みがあるということで、教科書に載ってる詩がいい。

関谷さんにはむずかしいとか、文学好きしかわからない、って言われるかもしれないけど、これもリストに加えることにした。

まだ母は帰っていない。すぐに自分の部屋に行き、本棚をながめたりしながらさらにアイディア出しをした。神話の神々の名前に、星座の名前。文学寄りのものが多すぎる気がしたので、お酒のカクテルの名前とか、俳優の名前なんていうのも考えた。

1　万葉植物園
2　古語の形容詞、形容動詞
3　有名な詩の一節
4　神話の神々
5　星座
6　お酒のカクテル
7　俳優

ああ、でも、俳優は世代によって好みがちがうしなあ。これはダメかな。「7　俳優」を消したとき、玄関から母が帰ってきた音がした。

食事が終わるころ、母にインクのパッケージの仕事をしていること、まず名前をつけるので苦労していることなどを話した。

「そうか。アイディアの部分ってむずかしいよね。お父さんもそう言ってたなあ」

母がうなずく。

「お父さんも？」

「小説でもね、最初の構想を練るところがいちばんむずかしいって。これは作家さんによってちがうと思うけど。企画立ててるときがいちばん楽しいっていう人もいるし」

「そうなんだ」

「お父さんは、書きはじめてその世界にはいりこめればわりとすいすいけるけど、なに書くか考えてるときがいちばん辛《つら》いって言ってた。毎回胃が痛くなる、なにも思いつかなかったらどうしよう、って思って、夢にも見る、って」

母が笑った。

「そこはわたしたちにはよくわからないところなんだけどね。編集の仕事は、できあがった原稿を読んでいいとか悪いとか言ったり、まちがいかもしれないところを指摘すること。すでに存在してるものをいじるだけだから。無から有を生み出すわけじゃない」

「でも、アイディアを提案したりはするんでしょ？」

「するけど、それはほんとに思いつきのレベルで……。それだけじゃ小説は書けない。それで書けるなら編集者もみんな小説を書いてる。ちゃんと根っこのあるアイディアじゃないとダメなんだって」

「根っこ？」

「お父さんはいつも、アイディアがひとつじゃ書けない。三つぐらいがぼんやりつながりはじめてようやく書ける、って言ってた。たぶん、作家の心の奥深くに結びついているアイディアだと、ほかのアイディアと有機的につながりあって生き物みたいに大きく成長する、ってことなんじゃないかな。でも、とにかくそのアイディアにたどりつくまでがむずかしい。結局いつもどうやって話を思いつくのか自分でもわからないんだ、とも言ってたっけ。それまではひたすら真っ白な原稿用紙とにらめっこ」

　母はまた笑った。

「万年筆のインクの仕事って言ってたよね」

「そうだよ。いまはきれいなカラーインクが流行《はや》ってて。わたしもひとつ買ったんだ。ちょっと待ってて」

　部屋に戻り、莉子たちと買ったカラーインクを持ち出した。莉子が赤紫、石井さんが青を選んだので、わたしはセピアを持って帰ってきた。

「へええ。いまはこんな色があるんだ。おしゃれ〜。書くとどんな色なんだろ」

　母はインクをじっと見つめる。

「そっか。借りてたガラスペンは返しちゃったんだ。お母さん、万年筆なんて持ってないよね？」

「あるよ」

母があっさり言う。

「え、でも、使ってるの見たことない」

仕事柄よく書き物をしているが、いつもボールペンだ。

「うん。わたしは持ってない。けど、お父さんの使ってた万年筆がある」

「え、お父さんの……」

父は万年筆で原稿を書いていたのか。書き損じた原稿用紙を使ってよくノートを作った。そのときの文字をぼんやり思い出した。

「とってあったんだ」

「うん。お父さんが使ってたのはむかしながらのブルーブラックだったけど、最後にちゃんと洗浄したから、いまでもインクを入れれば書けると思うよ」

「そんな大事なもの、使っていいの？」

「いいよ。もともと、いつか百花に渡してくれ、って言われてたし」

「そうなの？」

「うん。すっかり忘れてた。じゃあ、ここ、片づけてからにしよ」

「わかった」

立ちあがり、食器を流しに運ぶ。いっしょに洗い物を終わらせると、母は自分の部屋から万年筆を持ってきた。

黒い、舶来ものの丸みのある形。渋い艶《つや》があり、やっぱり高級品だなあ、と思った。

「お父さんがデビューしたとき、大学のときの先生から贈られたものなんだって」

「どうやってインク入れるかわかる？」

「知ってるよ。よく見てたから」

母は慣れた手つきでキャップを取り、軸の尻《しり》の側をくるくるまわす。万年筆の先をトプンとインク瓶に浸すと、さっきまわしたペン尻を逆に回転させた。そして最後に芯《しん》の部分に残ったインクをティッシュで拭《ふ》き取った。

「これだけ？」

意外と簡単だ。

「うん。えーと、紙は……」

母はファックスから一枚コピー用紙を抜き取った。

「まあ、味気ないけど、これでいいか」

そう言って、机の上に紙を置く。

「書いてみていい？」

「どうぞ」

万年筆を握り、紙の上にペン先を置く。すうっと引く。セピア色の線がなめらかにのび、思わずほうっと息をついた。

この感触……。わたし、知ってる……。

じっと万年筆を見返す。

「百花、この万年筆、好きだったのよねえ。お父さんに借りて、文字みたいなものをよく書いてた」

「文字みたいなもの？」

「ももか、って自分の名前は書けたけど、あとは文字のようなちょっとちがうような」

母が笑った。

「それで、お父さんみたいに書けない、って言って、不満そうだった」

わたしがガラスペンや万年筆を借りて書いたとき、ちょっとなつかしい感じがしたのはそのせい？　でも、そんな小さいころのこと、覚えてるものかな。

――百花、ごめんなあ。それはあげられないんだよ。

ふっと風のように、父のすまなそうな声が耳の奥によみがえった。

――それは父さんの大事な仕事道具なんだ。それがないと、小説が書けないんだよ。

――ほかのじゃダメなの？

――ダメなんだ。それは、父さんの先生からもらった魔法のペンで……。

――魔法のペン……！

――ああ、でも、その魔法はだれでも使えるわけじゃないんだ。父さんは先生から特別に教えてもらったから……。

――なんでーずるいー。

――魔法はむずかしいんだ。大きくなったら教えてあげるよ。

父の困ったような笑顔がふっと浮かんで、すぐに消えた。

「わたしにも貸して」

母に言われ、手渡す。母もくるくると紙の上にペン先をすべらせた。

「お父さんの書き癖がついてるんだろうけど、やっぱり書き心地、いいわね」

母がつぶやいた。

「百花、使う？」

「うん」

「じゃあ、ちゃんと手入れしてね。水を使えば洗えるけど、なかでインクが乾くと落ちなくなるから」

「わかった。大事にする」

母はくるくるとペン先をすべらせたあと、「春の小川」と文字を書いた。

「春の小川？」

「ほら、前に話したでしょ？　この歌が百花の名前の由来なんだ、って」

「ああ、そうだったね」

前に母から聞いたことがある。百花という名前は、父が「春の小川」を口ずさんでいたときに思いついたものだった、と。ここに歌われている春の野の花から百花という名前を思いついたのだと言っていた。

「でもね、花のようにうつくしい人になってほしい、ってことじゃ、ないんだよ。花のうつくしさを愛《め》でることができる人になってほしい、ってことなんだって」

　母が思い出すように言う。

「花だけじゃなくて、世界にはうつくしいものがあふれている。そういうものに目を向けるやさしさを持ってほしい、って。そのときは、お父さんはやっぱり変わったこと言うなあ、って思ったけど、いま考えると、そういう気持ちを持つことがしあわせに通じる道でもあるんだなあ、って」

　花のうつくしさを愛でることができる人。前にも聞いたことがあったかもしれないが、よくわかっていなかった。なぜかいまは濡《ぬ》らした紙にインクが染みこむように、その言葉が心にじわっと広がっていった。

　お風呂《ふろ》にはいって湯船に浸《つ》かると、またタイトルのことが頭に浮かんだ。

　詩的な言葉を使うっていうの、父の『東京散歩』の各話のタイトルはどうだろう。「屋上の夜」は夜空の雰囲気だし、物語ペーパーに使った千代田区の「古本と純喫茶」や、杉並区の「商店街の青い空」、江東区「川べりの春」、どれも色が浮かんでくる。

　有名な本じゃないし、東京限定になっちゃうけど、物語ペーパーもあるし、インクが今回の文字箱限定商品ならそれもいいかも。ええと、さっき俳優の名前をやめたから、これで七つか。

　むずかしいものだなあ。無から有を生み出す。さっきの母の言葉を思い出した。でもほんとは無から生み出してるわけじゃ、ないんだよね。根っこのあるアイディア。父の小説だって、それまでに父が見たこと、聞いたこと、体験したこと、そういうのがあれこれつながりあって、植物が生長するみたいに生まれてくるんだ。

――すぐれたアイディアを出す人たちは、一見手ぶらだが、実は頭のなかに自分の知っているものを広げて、それを組み合わせたり、つなげたりしているんじゃないかな。

藤崎さんの言葉も頭のなかによみがえってきて、あのときは厳しいと思ったけど、これも真実だよなあ、と思う。

ふう、と息をつき、天井を見あげた。白い湯気がふわふわと揺れる。

春の小川は、さらさら行くよ。
岸のすみれや、れんげの花に、
すがたやさしく、色うつくしく、
咲けよ咲けよと、ささやきながら。

知らず識《し》らず「春の小川」を口ずさんでいた。童謡か。そういえば記念館の常連の柳《やなぎ》田《だ》さんが、書道で童謡の一節を書いていたっけ。展示の写真を見せてもらったとき、なんだかなつかしい気持ちになったのを思い出した。

赤とんぼ、海、故郷《ふるさと》、七つの子、朧《おぼろ》月夜にシャボン玉。いつだれから習ったのか定かではないが、自分のなかに刻みこまれ、根をおろしている。

ああ、童謡のタイトルもいいかも。世代を問わずに多くの人の記憶にあるだろうし、情景や色が目に浮かぶ気もする。

これで八つ。あとふたつで十だ。

お風呂からあがって横になってから、あとふたつ考えようと思っていたけれど、予想以上に疲れていて、そのまま眠ってしまった。

5

翌朝、記念館に向かう電車のなかで、あとふたつをどうするかずっと考えていた。だが混雑する電車のなかではどうにも考えがまとまらない。種類がたくさんあるもの。しかも色が多様で、万年筆に似合うもの。そんなのそうそうない。

井上さんの言っていた惑星を発展させて……。そういえば月の表面の凹凸には名前がついてたっけ。静かの海……しか覚えてないけど、これってちょっと詩的じゃないか？色は月の色とは関係なく、言葉の雰囲気で想像するっていうことで……。

つり革に掴《つか》まったまま、片手でスマホを検索する。月の地名……と。氷の海、雨の海、晴れの海、賢者の海、雲の海、神酒《みき》の海、モスクワの海、夢の湖、喜びの湖、忘却の湖、愛の入り江……。

え、これ、良くない？　だれが考えたのかわからないが、えらくロマンチックだ。ふつうの人は月の地名なんて知らないだろうけど、わからなくても、名前として素敵ならそれでいいんじゃないか。なんならシリーズ名を「月のインク」にして月の地図をつけるという手もある。

これはけっこういける気がして、メモの九番目として「月の地名」と書き入れた。

あとひとつは結局思いつかないまま記念館に着いた。もちろん藤崎さんはもう来ている。仕方ない、九個のまま出すしか……。

「吉野さん、アイディア、考えてきたかな？」

藤崎さんが言った。

「はい。ただ九つまでしか思いつかなくて……」

「え、九つ？　そんなに？」

「え……」

昨日、十って言ったじゃないか。心のなかでつぶやく。

「いや、十とは言ったけど、十を目指す、っていう意味で……」

こちらの心の中の声が聞こえたみたいに、藤崎さんが言った。

「じゃあ、その九つを言ってもらえるかな？」

もしかして、こんなに必死に考えなくてもよかったってこと……？　釈然としないが、いまとなってはどの案にも思い入れがある。スマホのメモを出し、ひとつずつ例をあげながら説明した。

1　万葉植物園
2　古語の形容詞、形容動詞
3　有名な詩の一節
4　神話の神々
5　星座
6　お酒のカクテル
7　東京散歩の各話タイトル
8　童謡
9　月の地名

「へえ。よく考えたじゃないか。とくにあとの方がいいね。僕も1や3、4、5、6あたりは考えたけど、最後のふたつは思いつかなかったなあ」

藤崎さんは無表情だが感心したようにうなずいている。

もしかして、褒めてもらえた？

さっきは一瞬、真面目に考えて損した気がしたが、褒められればやはりうれしい。

「このなかになくて、僕が考えたものがあとふたつある。ひとつは、時間だ。一日のなかの時間を表す言葉。真夜中、とか、薄明、とか、黄昏《たそがれ》とかね。それともうひとつ、ちょっと不思議な自然現象を表す言葉。木霊、蜃気《しんき》楼《ろう》、逃げ水、みたいな……」

「なるほど……。どれもきれいですね」

だれでも知っている言葉だし、色のイメージも広がる。さすがだなあ、と思った。

「これを合わせると十一になる。まずはこれをまとめて関谷さんに送ってみよう」

藤崎さんが言った。

開館時間が来て、受付に出る。火曜なのに来館者が多く一日じゅう忙しかったが、ずっとインクの件がどうなったか気にかかっていた。

あのアイディア、関谷さんはどう思っただろう。自分ではけっこういい線いったような気がしてたけど（とくに「月の地名」が）、冷静になってみると、ひとりよがりだった気もしてくる。

閉館時間になって片づけをしていると、館長室から藤崎さんが出てきた。

「関谷さんから返事がきたよ」

「どうでしたか？」

どきどきしながら訊《き》いた。

「うん。いい返事だった。僕が話すより関谷さんのメールを読んだ方がわかると思う。

もう施錠したんだよね」

「はい」

「じゃあ、館長室でメールを読んでみてください」

藤崎さんのあとについて館長室にはいり、藤崎さんのパソコンの画面を見た。

このたびはアイディアを多数ありがとうございました。

いやあ、やはり素晴らしいですね。

どれも素敵だなあ、と思ったんですが、とくに「童謡」というのがびびっと来ました。

え、そっち？　少し驚く。

童謡という文字を読んだとたん、頭のなかに「赤とんぼ」の歌が勝手に流れてきて、夕焼け空と山々のシルエットが浮かんで、口ずさんだらなぜか涙がぼろぼろこぼれ……

……。

それはまあ疲れていただけかもしれませんが（笑）、郷愁みたいなものが胸の奥からこみあげてきて、色のイメージもぶわあああっとふくらんで、勢いでインクを調合してしまいました。写真ではよくわからないかもですが、それがこのインクです。

筆でのばしたインクと、万年筆の「赤とんぼ」という文字がならんだ写真が添付されていた。暮れた空のような深い色。暗いオレンジのような複雑な色だった。

たしかになんだかなつかしい、泣けてくるような色だった。

翌日、野上さんからもメールがきた。童謡は昭和歌謡より幅広い年代に受け入れられるからとても良いのではないか、と書かれていた。自分としてはほかにも惹《ひ》かれる案があったが、関谷さんの直感に響くものがいちばんだ、と。

野上さんによると、関谷さんは類《たぐ》い稀《まれ》な色彩感覚の持ち主で、インクの調合もだれにも真似のできないセンスを持っている。だが、いかんせん言葉が追いつかない。今回の童謡は関谷さんの想像力に火をつけた。僕たちがもともと音楽好きだということもあるけれど、関谷さんのインスピレーションを刺激したのが素晴らしい、と。

綿貫さんや井上さんにも、ほっこりしたあたたかさがとてもいい、と言われた。わたしとしては月の地名や藤崎さんの考えた時間の名前がかっこいいと思っていたのだけれど。

それから関谷さんは、「朧月夜」や「故郷」などいくつかのインクを作り、サンプルを送ってくれた。「春の小川」もあった。どれもいい色だった。野上さんだけじゃなくて、スーツを着ていた関谷さんも芸術家だったんだなあ、と思った。

インクの色も決まり、野上さんのガラスペン制作がはじまり、わたしたちもパッケージデザインを考えはじめた。ガラスペンとセットのものも、インク単体も数量限定ということもあり、和紙を使った貼り箱で、高級感のあるインロー式にすることになった。紙やデザインをどうするか相談をはじめた矢先、関谷さんから少し事態が変わった、という連絡がきた。

「どうやら今回の企画、社長が気に入って、インクだけ一般販売したい、という話になったみたいなんだ」

藤崎さんが言った。

「え、ほんとですか？　よかったです！」

わたしは名前をつけただけだけど、なんだかうれしくて飛びあがりそうになった。

「ただ……。そうなると数が増えるから、パッケージをどうするか、考え直さなくちゃならないな」

藤崎さんは少し困ったような顔をした。

だが、関谷さんの作った色が認められたのはうれしいし、文字箱や記念館にとっても悪い話じゃない。そう思ってあまり気に留めなかった。

ところが。

翌朝メールを見ていた藤崎さんが渋い顔になり、面倒なことになった、とぼやいた。

「どうかしたんですか？」

「インクのパッケージの話、数が増えることもあって、本社を通さなければならなくなって……」

藤崎さんが言い淀《よど》む。嫌な予感がした。

「もしかして、浩介《こうすけ》さんですか？」

そう訊くと、藤崎さんが無言でうなずいた。

浩介さんとは藤崎さんのいとこで、藤崎産業の現社長の息子であり、本社第一営業部の課長である。第一営業部は包装資材を扱う部署で、企業からの大口のパッケージの依頼はこの部署を通すように、と釘《くぎ》を刺されていた。

しかもこの浩介さんという人は藤崎さんに妙な敵対心を持っていて、それは実は幼少期から和紙好きだった藤崎さんが前社長夫人の薫子さんに特別扱いされていた（と少なくとも浩介さんからは見えていた）などのいとこ同士の確執によるものらしいのだが、長じて和紙自体も嫌いになり、社内で密《ひそ》かに記念館不要論を唱えているという。

だから、これは単に組織内の事務的な問題ではないのだ。浩介さんがその部署に来るまではそんなルールはなかった。浩介さんは藤崎さんの仕事をできるだけ潰《つぶ》したいという意図で、わざわざあたらしくそういうルールを作ったのである。

たしかにそれは面倒なことである。

「というわけで、もう早速浩介からメールが来た。パッケージは第一営業部で作った方が安くできる、とモリノインクに連絡したらしい」

「え、そんな……」

これはうちがはじめた仕事なのに。そんなの横取りじゃないか。

「それで、自分も次の企画会議に参加させろ、と」

会議は今週の金曜日に予定されていた。綿貫さん、関谷さん、野上さんとうちで行うはずの会議だったが、そこにモリノインクの資材調達部の部長と浩介さんも参加するという。

「社内の取り決めだからね。断るわけにはいかない」

「そうなんですか……」

つまり金曜日には浩介さんがここに来るということか。

経緯をいろいろ知っているのもあるが、あの人、苦手なんだよなあ。せっかくうまくいきはじめてたのに、水をさされたようで気持ちが沈む。しかし、バイトとはいえここで働いている身として、口に出すわけにもいかず、じっと黙った。

金曜の午後、綿貫さん、関谷さん、野上さんと、モリノインクの資材調達部の岩崎《いわさき》さんという人がやって来て、藤崎さんといっしょにレクチャールームにはいっていった。

少し遅れて、浩介さんが到着。レクチャールームに案内すると、こんな部屋まで作ってたのか、とぼやきながら部屋にはいっていった。

なかの話は気になるが、わたしは受付にいるしかない。例によって、お茶の道具は藤崎さんが事前にレクチャールームに用意してしまっているから、お茶を運ぶふりをしてなかの様子をうかがう、なんてこともできない。

お客さまがいないときにレクチャールームの扉の前に立って耳を澄ますと、なかから浩介さんの大きな声が聞こえてくる。

――和紙で箱を作るとなるとコストも制作日数もかかります。和紙を使わなくても歌の雰囲気は出せますし、印刷も安くあがりますから……。

なに言ってんの。横からはいってきて……。許すまじ。

――そうですね、こちらとしても箱のコストはできるだけ落としたいところですし。

知らない声。これはさっきの岩崎さんという人だろう。ええっ、なんで同意しちゃうの？ でもやっぱり会社側は経費を削減したいよね。思わずため息が出る。

――けどですね、いまカラーインクを買うお客さまは感性が豊かだと思うんですよ。箱の質感も大事じゃないですか？ 特別感、といいますか。

関谷さんの声だ。和紙を応援してくれてるみたいだ。なんだか心強い。

――皆さん、ほかにないものを探しているし、わたしはこの前記念館に来て和紙の棚を見たとき、これだ、って思ったんですよ。忘れていたけどなつかしい手触りがある。童謡と似てるんです。

――そうですよ。ガラスペンだって、そんなに安いものじゃないでしょう？ でも、好きな人は買っていく。みんな小さくても自分だけのものが欲しいんじゃないですか。

落ち着いた野上さんの声。おお、野上さん……ありがたい……。

──まあ、それはそうなんですが。

岩崎さんが口ごもる。

──いや、和紙じゃなくても和の雰囲気は出せますよ。加工の自由度だって洋紙の方がずっと高い。

浩介さんの張りのある声が響きわたる。

──インクのパッケージ、わたしも他社のものを見てみました。国産のものは落ち着いたデザインのものが多いですよね。あのなかで勝負するなら、逆にカラフルにした方がいいと思うんですよ。

──あ、ああ、なるほど……。

──それにメインのターゲットは若い女性というお話でしたでしょう？　であればなおのこと、かわいいイラストを使って、カラー印刷にする方がいい。ＳＮＳ映えしますし。印刷するなら洋紙の方が絶対いいです。色の再現度も、精細さも全然ちがいます。当社で作った箱のサンプルをいくつかお持ちしたので……。

なめらかな営業トーク。こちらまで引きこまれそうになる。

──うちとしては、記念館の和紙を使った文具はとても評判がいいですし、それとつなげる形で和紙のパッケージがいいな、と思っていたんですが……。

綿貫さんの声がした。

——なるほど。そうしたら、こういうのはどうですか？　インクとガラスペンのコラボセットのパッケージだけ特装版として和紙で作る。そちらは高価な限定品ですし、特別なパッケージの方が良いのかもしれません。でも、一般販売のインクについては洋紙で作る。ロットのことを考えてもこれが妥当ではないでしょうか。

浩介さんが言った。コラボの話は数的には小さな話だ。それをこちらに譲ることで納得させるという算段か。意図が透けて見えるだけになんか腹立つ。

——いやいや、たしかに発色がいい紙に印刷すれば、写真なんかは映えますよね。でも、色が沈んでもいいデザインっていうのもあるじゃないですか。

食いさがったのは関谷さんだ。

藤崎さんは？　なんでさっきからなにも発言しないの？

——わかりました。そうしたらとりあえず、見積もりを出していただけますか。具体的な数字がないとなんともいえないところもありますので。

岩崎さんの声が聞こえたとき、エレベーターから人が降りてきたのが見え、あわてて受付に戻った。

しばらくしてレクチャールームの扉が開き、関谷さんたちと浩介さんが帰っていくのが見えた。藤崎さんはいつにも増して渋い表情で館長室にはいっていき、綿貫さんだけが記念館のなかに残った。

「どうなったんですか？」

綿貫さんに近づき、小声で聞いた。

「うーん、とりあえず持ち帰りになった。浩介さんって人、押しが強いね。結局見積もりを出してから検討って流れになった」

あの最後に聞こえた岩崎さんの言葉から事態は動かなかった、ということか。

「あの人、やり手だよね。それになんとしてでも自分の部署でやるって気迫がすごくて……。まだそこまで大口の仕事でもないような気がするんだが」

綿貫さんが苦笑いする。

「実は……いろいろあるんですよ」

「いろいろ？」

藤崎さんと浩介さんのことは知らないらしい。

「まあ、いろいろです。わたしからはくわしく言えないんですが、浩介さんは藤崎さんのいとこらしくて……」

「ああ、なるほど」

綿貫さんはそう言っただけでなぜか察したようにうなずき、会議のだいたいの流れをかいつまんで教えてくれた。

お客さまが来たこともあり、わたしはまた受付に戻り、綿貫さんは文字箱に帰っていった。藤崎さんは館長室にこもったまま出てこない。そのまま閉館時間になった。記念館の入口を閉め、私物のロッカーのある館長室にはいった。

藤崎さんはパソコンに向かったまま、なにも言わない。結果は綿貫さんから簡単に聞いたけど、なんでちゃんと説明してくれないんだろう。わたしだって案出しをがんばったのに。表情のない藤崎さんをちらっと見る。

「あの……」

思い切って藤崎さんの机の前に立ち、声をかけた。

「会議の結果って、どうなったんですか」

「持ち帰りになったよ。さっき綿貫さんに聞いて知ってるだろう？」

藤崎さんはパソコンを見つめたまま答える。わたしたちが話していたのが聞こえていたということか。でも、そういうことじゃない。わたしは藤崎さんの部下だ。藤崎さんが説明するのが筋じゃないのか。

「あれ以上くわしい話はない。浩介のプランとうちのプラン、両方見積もりを作って先方に検討してもらう」

「見積もりって……。そもそもどうして浩介さんの部署もプランを出すことになったんですか？　これは文字箱から記念館にきた仕事じゃないんですか？」

納得できずに思わず訊《き》いた。口にしたあとで、バイトの訊くことじゃなかった、と思ったが、どうしてもあとに引けなかった。

「流れ的にはそうだけど、パッケージを記念館で請け負うというのは口約束だ。製品の数も変わったわけだし、先方としても当初の予定とは変わったんだ。パッケージのプランに見直しがはいるのもいたしかたないことだと思う」

「でも……。関谷さんや野上さんは、和紙で作る案を推してくれてるんですよね」

「そうだね。だからその意見が通る可能性もある」

藤崎さんの声は冷静だ。

「なのに、なぜ藤崎さんは和紙の良さや具体的なプランを提示しなかったんですか」

「提示しなかった？」

藤崎さんが顔をあげ、こっちを見る。

しまった、と思った。藤崎さんが発言しなかったと知っているのは、ドアの外で盗み聞きしていたからだ。

「いえ、あの……綿貫さんからそう聞いて……」

冷や汗をかきながらごまかす。

「提示しようにも提示するものがなかったんだよ。僕が考えていたのは、当初のコラボイベントでの数量限定版用のプランだけだ。量産することが決まってからのアイディアはまだそこまでかたまったものがなかった」

「でも……。かたまってなくてもなにか言わなかったら負けちゃうじゃないですか」

思わず強い口調になった。藤崎さんが驚いたようにこっちを見る。

「このお話、わたしなりにがんばってきたつもりなんです。シリーズ名を考えるときだって、十ひねり出せ、って言われて、ちゃんと出したじゃないですか。家に帰る電車のなかでも、帰ってからも何時間も考えたんですよ」

声がうわずる。ああ、なに言ってんだろ、と途中で思った。

「これは仕事で、先方ありきの話だろう？　がんばったからと言って、すべて報われるわけじゃない。そんなこと言ったら、ボツになる案なんて世の中に掃いて捨てるほどあるよ。ここは学校じゃない。一生懸命やれば評価してもらえるわけじゃないんだ」

「そういうことじゃなくてですね、わたしだってそれなりに貢献したつもりなんです。なのに、会議でどうなったかもちゃんと話してくれない。バイトだからですか」

藤崎さんは一瞬黙った。

「それは……すまなかった。そういうつもりではなかった。閉館後に説明しようと思っていて、こちらの仕事に夢中になっていただけで」

「夢中になっていただけ？　それこそバイトだからって軽く見てるってことじゃないか。いや、たしかにバイトだけれども！　学生だけれども！

それなりに、和紙のこと、記念館のことを考えてきたつもりで……。

「とにかく、最初と話が変わった以上、本社を通すのは仕方がないことなんだ。そして、プランを選ぶのはあくまでも先方で……」

「なんでですか。浩介さんと争うのが面倒だからですか。浩介さんはモリノインクの仕事をどうしてもやりたいわけじゃなくて、記念館相手だから躍起になってる。ただそれだけなんじゃないですか」

記念館を潰《つぶ》したいだけ。そう言いそうになって危うく呑《の》みこむ。浩介さんは創業者一族の人間なのだ。わたしが言っていいことじゃない。

「だから……」

藤崎さんはなにか言いかけたが、すぐに口をつぐんだ。

「関谷さんは和紙を認めてくれてますけど、それは関谷さん個人の気持ちで、会社全体の意向じゃないんですよね。しかもライバルがいるんですよ。抵抗しなかったら負けちゃうじゃないですか」

藤崎さんはなにも言わない。

なんで？　なぜ自分の考えを話してくれないんだろう。わたしがバイトだから？　学生だから？　話してもしょうがないってこと？　ふつふつと怒りがこみあげてきて、上着を羽織り、カバンを持った。扉の方に向かって歩く。

「浩介さんと戦っても、記念館を、和紙の伝統を守る。そうおっしゃってましたよね。なのに、そんなに簡単に引きさがるんですか」

答えはない。

「失礼します」

そう言って、館長室を出た。

6

ビルの外に出ると、頰にすうっと風があたった。

もうそんなに寒くない。いつのまにか春の匂いになっている。不思議だ。どこから来るのだろう、こんな大都会でも、なぜか風には春の匂いが含まれている。

言い過ぎてしまった。高島屋の横の道を歩きながら、少し後悔していた。なんであんなに腹が立ったのか、自分でもよくわからない。自分の努力が無にされた気がしたから？ 軽く扱われたから？ 藤崎さんの態度が煮え切らない気がしたから？

どれでもあるし、どれでもないような気がした。それに、どれだったとしてもあんなふうに捨て台詞《ぜりふ》を残して出てくるべきじゃなかった。

失礼なことを言ってしまった。このままじゃクビになるかもしれないなあ。ははは、と乾いた笑いがもれる。自分のやりたいこと、自分にできるかもしれないことが見つかったような気がしていたのに。

いまから戻って謝るべき？ もう手遅れか。いや、手遅れでも謝るべきだ。

くるりと踵《きびす》を返し、記念館に向かう。ビルの前まで戻ったとき、エレベーターから藤崎さんが降りてくるのが見えた。

思わず身体がかたまった。向こうもわたしに気づき、立ち止まる。

どうしよう。

でも、このままじゃ埒《らち》が明かない。

「すみませんでした。言い過ぎました」

勇気をふりしぼって藤崎さんの前に立ち、頭をさげた。

「いや、いいよ。別に怒ってはいない。さっきもね。ただ、どうしたものか、と思っていただけだ」

上から藤崎さんの声が聞こえ、顔をあげた。

「僕の方も悪かったんだ。会議が終わったあときちんと説明すればよかった。吉野さんも力を尽くしてくれたんだ。経緯を知る権利は当然ある。ただ僕の方が……なにからどう説明したらいいかわからなくなってしまっていただけで」

「どういう意味ですか？」

「ちょっと髙島屋の屋上で風に当たろうと思って出てきたんだ。いっしょに行かないか」

「はい」

わたしがうなずくと、藤崎さんは髙島屋に向かって歩き出した。

エレベーターにのり、屋上に着く。

ふわっと春の匂いがした。ここには屋上庭園がある。バラやツツジ、季節の花も植えられている。さっき下で感じた春の匂いもここからおりてきたものかもしれない。

屋上。父の「屋上の夜」の舞台。記念館で働きはじめたころ、和紙を広めるためにがんばろう、と藤崎さんと意気投合したのもこの場所だった。

「今回の件ね。実は、数量限定ではない、一般販売になると言われたときから、ちょっと困ったな、と思っていたんだよ」

　藤崎さんが言った。

「コストの問題ですか？」

「そう。コストのことをいえば、和紙の方がどうしたって高くつく。shizukuのアクセサリーは手作りで数が限られているし、そもそも高級品だからバランスとしてパッケージにお金をかけても問題はない」

「そうですね、アクセサリーの場合はパッケージも魅力のひとつですし」

「八十八夜のお茶のパッケージもそうだ。うちの箱を使っているのはあの店でも最上級のお茶だから、パッケージにもそれなりの見栄えが必要だ」

　貝殻のついた小箱はオープニングパーティー用の数量限定品だったが、その後も八十八夜のパッケージの仕事は請け負っている。真っ白な和紙にエンボス加工を施したもので、お客さまからの評判も上々らしい。

「だが今回は……。ガラスペンとのセットなら価格もそれなりになるし、豪華なパッケージでも釣り合うだろう。でもインクはそうじゃない。一般販売となれば、パッケージの単価は下げるのが当然だ。印刷でもなんでも、機械化できる作業はロットが大きくなればなるほど安くなる。浩介が提案しているプランはみんなそうなんだよ」

「それはわかります」

「でも、問題はそこだけじゃなくて……」

藤崎さんは屋上のカフェに目を留め、そこで言葉を切った。

「コーヒーでも飲もうか」

「あ、はい」

うなずき、ついていく。藤崎さんがコーヒーをふたつ頼む。カップを受け取り、テラス席に出た。ちょうど暮れかかる時間で、空が赤く染まりはじめていた。

「実は、今回の箱の紙について僕が提案しようと考えていたのは、印刷じゃなくて木版か型染めだったんだ」

コーヒーを一口飲んでから、藤崎さんが口を開いた。

「木版か型染め……ですか？」

考えたら紙漉《かみす》きについてはいろいろ学んだが、紙に色や模様をつける方法についてはまだよく知らなかった。

「千代紙は木版の多色刷りで作るんだよ。和紙は型紙を使って染めることもできる。丁字引き、板〆《いたじめ》、マーブリングといったむかしからの手法もあるし、もみ紙にして、絞り染にすることもある。紙に色や模様をつけるのは、印刷だけじゃない」

藤崎さんが言った。

「印刷ということでいえば、和紙は洋紙にかなわない。最近はインクジェットやオフセット印刷に対応した和紙も開発されているけれど、色の再現性は一般的な洋紙には劣るし、精密な印刷には向かない。印刷スピードもあげられない。だから割高になるうえ、納期も遅くなる。でも、染めや版画なら、和紙でないとできないことがたくさんある」

「そうなんですね」

「だが、それはやはり高くつく。箱にするのもね。僕はこれまでひとつずつ手作りで作ってくれる職人さんに箱作りをお願いしてきた。だからむずかしい和紙でも対応してもらえたんだ。でも、どこも小さな工房だから、大量生産はできない」

shizukuの箱作りのことを思い出し、なるほど、と思った。

「箱の形のこともある。型染めの紙は高い。貼り箱なら、どこか一部に型染めの紙を使ってあとはふつうの紙で、ということもできるけど、貼り箱は高いから浩介はキャラメル箱を提案してくるだろうし」

「キャラメル箱？」

「文字通りキャラメルの箱みたいな箱だよ。一枚の紙で作られていて、上と下が開けられるようになってる……」

「ああ、わかりました」

「底が抜けないように地獄底箱にするかもしれない。ともかく、一枚の紙で作るタイプの箱だ。コストを考えたらそれがいちばんだろう。でもすべてを型染めの紙で作ることなんてできない」

「別の紙で箱を作り、型染めの紙をラベルとして貼るというのは……」

「それもひとつの手だね。いずれにしても、僕がいつも頼んでいる製函《せいかん》業者では数的に対応できない。まずは大量の和紙の箱作りを受けてくれる工場を探さなければならない。そこで迷ってしまった」

「そういうことだったんですね」

　藤崎さん、社内的な事情で浩介さんに迎合したわけじゃなかったんだ。ものづくり全体のことを知りもせず、狭い理解だけで責めてしまった自分を恥じた。

「すみません。わたし、なにもわかってませんでした」

「いや、謝ることじゃないだろう。僕だって、世の中のほとんどのことを知らない。全部知ってからじゃないと発言できない、ってことになったら、だれもなにも言えなくなる。思ったことを口にするのは悪いことじゃないよ」

「いえ、でも……。さっきの言い方は失礼でした」

「まあ、人間だれでも感情はある。怒ることもあるさ。ただ、吉野さんは浩介のことになると感情的になる傾向があるよね。よっぽど苦手なんだな」

たしかにその通りだ。藤崎さんの冷静な物言いにはっとした。

「感情をふりまわしても相手に勝てるわけじゃない。それにこれは勝ち負けじゃないんだ、って前に言ったよね」

　shizukuの一件のとき、藤崎さんはたしかにそう言っていた。

これは和紙のための戦いだ。だれかと争ったり、怒ったり、闇雲に拳《こぶし》を振るうことじゃない。和紙が必要だ、これを守らなくちゃいけない、みんなにそう思わせなくちゃいけない。全力で向かわないと、時の流れには負けてしまう。だから、浩介に遠慮してる余裕はない。僕は記念館を守ると決めた、と。

「浩介が敵ってわけじゃないんだよ。敵はもっと大きくて、目に見えないものだ。勝負で浩介に勝てば和紙を守れるというわけじゃ、ないんだよ」

そうか。なぜかその言葉で、これまでわからなかったことが少し見えた気がした。勝ち負けじゃない。

「でも、吉野さんのおかげで僕も、このままじゃいけない、ってわかったよ。頭で考えてるだけじゃダメだ、相手にアピールしないとなにも伝わらない、って。だからむしろ感謝している」

藤崎さんの言葉にちょっと驚いた。

「それに、今回のことで僕も気づいたことがあってね。僕はこれまで制作費は少し高くついてもいいから良いものを作りたい、という客ばかり相手にしてきた。さっきの会議で、これまで自分がしてきたことは趣味の延長だったと気づいた」

たしかに、これまで記念館になにか依頼してくる人たちは、みな和紙の良さを伝えようという気持ちを持った人ばかりだった。だからこそ成り立っていた。

「インクは競合品が多い。インクブームが続けば競合品も増えていく。だから他者との差別化は必要だ。高級なパッケージというのもその演出に役立つかもしれない。価格を少し高くして、品質をあげることで逆に売れるかもしれない。商売というのはそういうバランスの上に成り立っている」

「だとしたら和紙のパッケージの方が売れる、ってこともあるわけですよね？」

「まあ、なんにしたって選ぶのは結局どちらか一方で、両方の道を試せるわけじゃない。タイミングだってある。ヒットした商品でも、別のタイミングで出したら全然当たらない、ということだってあるだろう」

「じゃあ、賭《か》けってことですね」

「賭け？　まあ、そうだな」

「そしたら結局、作り手がみんなこれを作ってよかった、って思えるようなもの、いいと信じられるものを作るしかないんじゃないですか」

「まあ、究極的にはそうかもしれないが……」

藤崎さんは戸惑ったような顔になる。

「アピールしましょう。言葉じゃなくて、実物で」

「実物？」

「わたし、これまでいつも試作品を見せていたじゃないですか。最初はそういうつもりじゃなかったんですけど、藤崎さんはわたしの試作品を見て、認めてくれた。だから、外の人も同じかもしれない。ものがあれば伝わるかもしれない」

藤崎さんは目を丸くしてわたしを見た。

「和紙の魅力は、風合いです。手触りです。どちらも写真じゃ伝わらない。身近に和紙がなくなってきているから、良さを忘れちゃってるんですよ。でも、実物があれば絶対にわかります。お客さんだって、ちょっと高くても欲しくなるかもしれない」

「そうかもしれないな」

「藤崎さんが使おうと思っていた紙のサンプルはないんですか?」

「あるよ。記念館に帰れば。結局、いろいろ検討して型染めを使おうかと思っていた」

「じゃあ、いまから記念館に戻って、試作品を作ってみませんか」

「いまから?」

「はい。母には連絡すれば大丈夫ですし」

「わかった。ちゃんと残業代も出すよ」

藤崎さんが笑った。

話しているうちに空の色が刻々と変わっていった。雲が赤く染まり、空もピンクやオレンジや白や青が混ざり、その色が次第に濃さを増し、いまは日が沈んで、黒が混ざりはじめている。

そういえば関谷さんの「赤とんぼ」はこんな色だったなあ、と思った。

記念館に戻り、藤崎さんからサンプルを見せてもらった。単色で、千代紙のような細かい模様ではない。シンプルな幾何学模様がならび、でもその分、色のうつくしさが際立っている。

「いいですねえ。シンプルだけど、それが逆にいま風で、とてもおしゃれです」

「いまは店の定番の柄だけど、箱を作るときはオリジナルのデザインにするつもりだった。そして、染めの色をできるだけそれぞれのインクの色に近づけてもらおうと思ってたんだよ。といっても、型染めは染料と和紙の状態によって微妙に変わるから、印刷みたいに全部同じ色にはならないんだけど」

　染めか……。前に「紙の絵本」の表紙で江戸からかみを使ったときに少し説明を聞いたけど、まだ全然わかってない。ほんとに知らないことばかりだ。

「やっぱり、印刷とは全然ちがいますよ。色が紙に染みこんでる、って感じで」

　色と紙が一体化している。

「この紙、使いたいです」

「うん。そうなんだ。けど、『使いたい』だけじゃ、ダメなんだ。どうしたら使ってもらえるか、考えないと」

　藤崎さんに言われ、うなずく。

「キャラメル箱全部をこの紙で作ったら相当なコストがかかる。キャラメル箱の展開図は複雑な形で、無駄になってしまう部分が多いからね」

「やっぱり、箱はほかの紙で作って、シールとして貼るしかないんでしょうか。だとしても、柄をたくさん見せたいですし、一面じゃなくて角で折る形で、少なくとも二面に渡るように貼りたいですね」

「シールとして貼るなら形は長方形だから無駄なく取れるし、予算によっては一周ぐるっとまわしてもなんとかなるだろう」

箱をぐるっと型染めの和紙でくるむ。上下は見えるけど、側面はすべて覆われる、ってことだ。

「そうしたら、もしかして、箱の方は洋紙でもいいんじゃないですか？」

「え……」

藤崎さんがはっとした顔になった。

「たしかに。その通りだ。なんで気がつかなかったんだろう」

呆然《ぼうぜん》と言った。

「いや、実はね、型染めの紙の場合、どこに文字情報を載せたらいいのか、悩んでたんだ。メーカー名や色の名前はどこかに載せなくちゃならないだろう？　手書き風の文字なら型染めでも入れられるけど、そうなると色ごとに型紙が必要になる。コストを考えて、型は同じで、色だけ変えようと思ってたから……。といって、型染めした和紙にあとから印刷で文字を入れることはできない。でも、ラベルを巻く形なら、三面巻いて残りの一面に情報を入れることもできるし、蓋《ふた》に文字を入れてもいい」

「そうしたら、それで試作してみましょう」

「社のサイトにデザイン入稿用のキャラメル箱の展開図がある。そこにインク瓶の大きさと合うものもあるだろう」

藤崎さんがパソコンの前に座り、展開図を探す。仮の形だが、メーカー名とインク名を蓋と側面に配置する。

「これで大丈夫そうだ。じゃあ、厚手の紙にプリントして……」

藤崎さんがプリンターに厚手の紙をセットした。和紙と馴染《なじ》むような、風合いのある紙だ。藤崎さんがパソコンの画面の印刷ボタンを押すと、展開図が刷られた紙が四枚出てきた。

藤崎さんと手分けして、型染めの紙と箱用の厚紙を切りはじめた。カッティングマットの上に厚紙をのせ、定規を当ててカッターナイフで切る。

複雑な形なのでちょっと面倒である。だが、わたしはこの手の作業には自信があった。小学校のとき、紙で各種正多面体の立体模型を作ることにはまって、自分で展開図を考えて無数の多面体を作った。紙こもの市で買った紙で貼り箱を作って以来、箱もいくつも手作りしている。

しかし、ふと見ると藤崎さんもすいすいと切り出し作業を行っている。わたしより速いくらいだ。学校ではいつもわたしがいちばん器用だったから、少しあせった。さすが紙屋の御曹司。こういうところでも謎のスペックをくりだしてくる。

競争じゃないんだから。それよりていねいに。深呼吸してカッターナイフを滑らせる。

箱を組み立て、切り出した型染めの紙を巻きつけて糊《のり》で貼った。

かくして、四面とも巻いたもの、三面のもの、二面のもの、一面のものができあがった。ならべてみるとどれもかわいい。タイトルのイメージともよく合っている。

「形になってみるとやはりちがうな。格段に雰囲気が出る」

藤崎さんが箱を見つめた。

「作ってよかったよ。見積もりといっしょにこれを関谷さんに送ってみよう」

「はい！」

にっこり笑ってうなずいた。

数日後の夕方、記念館に関谷さんがやってきた。銀座の文具店に用事があり、その帰りに立ち寄ってくれたらしい。

まだ完全に本決まりではないが、社長にかけあった結果、一般販売のインクのケースも、わたしたちの作った和紙ラベルの案でいくと決まったらしい。

「ほんとですか？」

藤崎さんが驚いたように言った。

「ええ。藤崎さんから送られてきたパッケージサンプルを見て、もうどうしてもこれでいくしかないな、って思ったんですよ」

関谷さんがうなずく。

「この前ここで拝見して、和紙の風合いがとてもいいことはわかってたんです。でも、パッケージとしてどうか、というのは正直自信が持てずにいました。印刷適性のこともありますしね。でも、型染めの和紙の色を見て、これはただごとじゃない、って思ったんですよ。会社の帰り、野上さんのアトリエに押しかけて、見てもらった。そしたら野上さんも、これはいいね、って」

関谷さんは一息ついた。

「いまはメールもあるし、便利な筆記用具もあるけど、わたしたちはわざわざインクで書くことを勧めている。なぜか、というと、やっぱりそれがなによりうつくしいと思うからです。手間をかけても、届けたい思いがある。メールで長く書くより、ペンで書いたほうが伝わることもあるでしょう」

「そうですね」

藤崎さんが答えた。

「パッケージっていうのは、単なる包みじゃない。その商品の顔だと思うんです。箱を見るとその商品をどういう思いで作ったかがわかる。そういうものでないといけない」

関谷さんの言葉を聞きながら、水引と同じだ、と感じていた。

水引をかけ、思いをこめる。そのとき、包まれているものは単なるものではなく、気持ちを伝える贈り物になる。

「それにあの箱ならインクを出したあともほかのことに使えるでしょう。そう考えると、キャラメル箱ではなく、マッチ箱のようなスリーブ式もいいかな、と思いました。洋紙で内箱を作り、型染めの和紙で外箱を作る」

「ああ、なるほど。外箱だけなら長方形で紙を取れますからね。ただ、そちらの方がコストがかかるかもしれませんが」

藤崎さんが言った。

「たぶんいけますよ。岩崎はちょっと渋い顔をしてましたけどね。これがあたらなかったらわたしは会社を辞める、って言ったら、仕方ないですね、って」

関谷さんが笑った。藤崎さんは切れ者って言ってたけど、きっと社内でも一目置かれてるんだろう、と思った。

「社長とも話したんですよ。社長は創業者の長男で、わたしが入社したときの直属の上司でした。そのころは従業員数一桁《ひとけた》の小さな会社で、岩崎もわたしと同期入社。いろいろあって、そのころの同期で残っているのは、彼とわたしだけです」

「そうなんですね」

「社長は言ってました。むかしとは変わったんだなあ、って。インクを使う層も、使うときの気持ちも変わった。むかしみたいなばりばりの実用品じゃなくて、雰囲気を楽しむものになった。だけどそのおかげで、インクが本来持っている良さを人々に知ってもらうこともできるようになった」

インクの本来持っている良さ。関谷さんの調合したインクの色合いと、この前髙島屋の屋上で見た夕暮れの色が頭のなかに広がった。

「社長もわたしも、ずっとインク業界で生きてきた。正直厳しい時代もありましたけど、最後に大きな花火を打ちあげたいなあ、って。ああ、そういえば『花火』っていう童謡もありました。あれもラインナップに入れたいですねえ」

夜空に広がる花火。どんなインクになるのだろう。

「まずはパッケージの詳細を詰めましょう。型染めのデザインもオリジナルのものにしたいですし、箱の形をどうするか、蓋に入れる文字も決めないと。ラベルもパッケージと統一感のあるデザインにしたいですし、童謡シリーズに関する解説のはいったリーフレットも入れたいし……。わくわくしますねえ」

関谷さんが目を閉じる。

「ただその前に……」

藤崎さんが言いにくそうに切り出した。

「社内の事情で恐縮ですが、ここまでの話だと、ラベルをうちが作り、箱の本体の方は第一営業部で、ということになりそうなんですが、第一営業部がですね……」

どう続けたらいいかわからないのか、藤崎さんがそこで止まった。

「ああ、あの人ね。藤崎浩介さん。名字が同じですし、一族の方なんでしょう？」

関谷さんがあっさりと言った。

「え、ええ、そうですが……」

「まあ、わたしも長く営業をしてきましたから、なんか訳ありなのはわかりますよ。まあ、どこの会社でもああいう人は必ずいます」

関谷さんがははは、と笑った。

「そこは大丈夫です。うちも文具業界で長いですからね。社長はそちらの第一営業部の部長さんとも懇意にしているようです。なので今回は、あくまでもこちらのわがままで、という形にして、部長さんから話を通してもらいます」

関谷さんの眼鏡がきらりと光った（ような気がした）。やはり切れ者である。

「わかりました。では詳細はまた綿貫さんも含めて相談しましょう」

藤崎さんがほっとした表情になる。

「いいものを作りましょう」

関谷さんが力強く言った。あたらしい商品が生まれる。その現場に立ち会っている。なんだかしあわせで、どきどきした。

わたしもがんばろう。型染めのことも勉強して……。まだまだ知らないことがたくさんある。目の前に大きな世界が広がっている。これからその世界を歩いていくんだ。

お父さん、生きてるってすごいね。世界にはうつくしいものがたくさんある。

——でもね、花のようにうつくしい人になってほしい、ってことじゃ、ないんだよ。花のうつくしさを愛《め》でることができる人になってほしい、ってことなんだって。

インクが発売されたら「春の小川」をお父さんの万年筆に入れるね。そうしていっしょに知らない世界を見に行こう。

岸のすみれや、れんげの花に、
すがたやさしく、色うつくしく、
咲けよ咲けよと、ささやきながら。

父の歌声が聞こえた気がした。大きく深呼吸して、広い世界のことを思った。

本書は、書き下ろしです。

紙《かみ》屋《や》ふじさき記《き》念《ねん》館《かん》

カラーインクと万年筆《まんねんひつ》

ほしおさなえ

令和3年 2月25日　初版発行
令和6年 11月25日　5版発行

発行者●山下直久

発行●株式会社KADOKAWA
〒102-8177　東京都千代田区富士見2-13-3
電話　0570-002-301（ナビダイヤル）

角川文庫 22554

印刷所●株式会社KADOKAWA
製本所●株式会社KADOKAWA

表紙画●和田三造

ISBN 978-4-04-110968-7　C0193

角川文庫発刊に際して

角川源義

第二次世界大戦の敗北は、軍事力の敗北であった以上に、私たちの若い文化力の敗退であった。私たちの文化が戦争に対して如何に無力であり、単なるあだ花に過ぎなかったかを、私たちは身を以て体験し痛感した。西洋近代文化の摂取にとって、明治以後八十年の歳月は決して短かすぎたとは言えない。にもかかわらず、近代文化の伝統を確立し、自由な批判と柔軟な良識に富む文化層として自らを形成することに私たちは失敗して来た。そしてこれは、各層への文化の普及滲透を任務とする出版人の責任でもあった。

一九四五年以来、私たちは再び振出しに戻り、第一歩から踏み出すことを余儀なくされた。これは大きな不幸ではあるが、反面、これまでの混沌・未熟・歪曲の中にあった我が国の文化に秩序と確たる基礎を齎らすためには絶好の機会でもある。角川書店は、このような祖国の文化的危機にあたり、微力をも顧みず再建の礎石たるべき抱負と決意とをもって出発したが、ここに創立以来の念願を果すべく角川文庫を発刊する。これまで刊行されたあらゆる全集叢書文庫類の長所と短所とを検討し、古今東西の不朽の典籍を、良心的編集のもとに、廉価に、そして書架にふさわしい美本として、多くのひとびとに提供しようとする。しかし私たちは徒らに百科全書的な知識のジレッタントを作ることを目的とせず、あくまで祖国の文化に秩序と再建への道を示し、この文庫を角川書店の栄ある事業として、今後永久に継続発展せしめ、学芸と教養との殿堂として大成せんことを期したい。多くの読書子の愛情ある忠言と支持とによって、この希望と抱負とを完遂せしめられんことを願う。

一九四九年五月三日